# DEATH'S OBSESSION

Titre original : *Death's Obsession*



Traduit de l'anglais par Véronique Sidler.

ISBN : 978-2-38690-002-0



Il s'agit d'une œuvre de fiction. Les noms, les personnages, les lieux et les incidents sont le fruit de l'imagination de l'auteur ou sont utilisés de manière fictive. Toute ressemblance avec des personnes réelles, vivantes ou décédées, des événements ou des lieux est entièrement fortuite.

www.contredires-romans.com
info@guytredaniel.fr
www.facebook.com/tredanieleso
@contredires_romans

AVINA ST. GRAVES

# DEATH'S OBSESSION

Éditions **CONTRE-DIRES**
19, rue Saint-Séverin
75005 Paris

# AVERTISSEMENT

Les thématiques suivantes sont abordées (liste non exhaustive) :

Harcèlement, mort, consentement douteux, sexe anal, double pénétration, BDSM, maladie mentale, relation abusive émotionnellement et physiquement, consommation de médicaments, abus d'alcool et de drogue, décès, ESPT, dépression, troubles anxieux, hallucinations, dissociations, événements traumatisants, idées suicidaires, tentatives de suicide (allusions), enregistrement sans consentement d'un rapport sexuel, description d'un accident de voiture violent.

# PLAYLIST À ÉCOUTER PENDANT VOTRE LECTURE

*It's Called : Freefall* – Rainbow Kitten Surprise
*Snow White Queen* – Evanescence
*Find You* – Ruelle
*Moondust (Stripped)* – Jaymes Young
*Afterlife* – Nothing But Thieves
*The Other Side* – Ruelle
*Fear of the Water* – SYML
*No Time to Die* – Billie Eilish
*I Found* – Amber Run
*Flawless* – The Neighbourhood
*Heavenly* – Cigarettes After Sex
*Mr. Sandman* – SYML
*Terrible Thing* – AG
*Paint It, Black* – Ciara
*Gods & Monsters* – Lana Del Rey
*Broken* – Lund
*Spiracle* – Flower Face
*After Dark* – Mr. Kitty

# NOTE DE L'AUTRICE

Si par hasard vous connaissez bien la mythologie grecque ou maîtrisez le latin, je m'excuse sincèrement pour ce roman. Il ne sera peut-être pas assez précis à votre goût.

*À toutes les filles qui pensent que*
*l'Homme à la faux baise comme un Dieu.*

## PROLOGUE

# L'Ange de la mort

Naissance. Vie. Mort.

Paradis. Enfer. Purgatoire.

Gentil ou méchant, je te trouverai. Tu ne m'échapperas pas. Parce que je suis l'Ange de la mort. Parce que je *suis* la mort.

Tu courras. Ils courent tous. Tu cours en pensant que je ne t'attraperai jamais. Tu cours en pensant que si tu te caches suffisamment bien, je ne te trouverai pas.

Tu pries ton Dieu pour que je ne t'emporte jamais. Tu supplies pour que je ne trouve pas ceux que tu aimes. Aucun de ces appels n'est entendu, car je suis en chemin.

Tu penses peut-être que je te pourchasserai jusqu'au bout du monde sur mon char, que je presserai mes lèvres contre les tiennes et laisserai ton corps reposer en paix. Même si tu viens de bon gré, tu hurles et tu te débats pour vivre. Tu pries et tu implores, estimant que ton heure n'est pas encore venue, que tu as encore des choses à faire, des choses à accomplir. Tu affirmes avoir besoin de plus d'années sous le soleil, mais tu ne seras jamais prêt. Car qu'est-ce que la mort, au regard de la vie ?

Tu prétends que je veux ton âme, que ta mort est uniquement dans mes mains. Mais je n'en veux pas. Ton âme est à toi jusqu'à ce qu'elle ne le soit plus.

Je n'ai jamais voulu une âme avant la sienne.

Ma Lilith. Mon petit monstre nocturne.

Elle est une tempête un jour d'hiver et je me satisferai très bien de ne plus jamais revoir le soleil.

Elle m'a offert son âme et je la lui ai rendue. Pas parce que je n'en voulais pas. Oh, je la désirais comme la fleur désire le soleil, comme la rivière désire la mer. Lorsque je viendrai récupérer son âme, ce ne sera pas pour l'emmener dans l'au-delà. Non, son âme sera à moi.

# 1
# Lilith

*Tu es belle quand tu dors.*

Je relis la note, encore et encore. *Je ne suis pas folle. La lettre est bien réelle.*

La lueur crue de la lune ne rend les mots que plus visibles. Je dois tenir l'épais parchemin brun à deux mains pour qu'il ne se renroule pas sur lui-même. Chaque torsade d'encre noire est une nouvelle boucle qui me serre toujours plus le ventre. Les lettres calligraphiées s'affinent à chaque extrémité, comme si elles avaient été tracées à la plume.

Il est encore revenu. Il m'a regardée dormir.

*J'ai écrit ce message dans mon sommeil*, me dis-je, comme ma psychiatre, la doctoresse Mallory, m'a conseillé de le faire.

Peu importe combien de fois je le dis ou le crie, la tête dans l'oreiller, combien de fois je l'écris, je ne crois pas mes propres mots. Les lettres sont bien réelles. Je sais qu'elles le sont, même si personne d'autre ne me croit.

J'ai parlé à la doctoresse Mallory de l'homme qui m'a rendu visite le jour de l'accident, le visage caché dans les ténèbres de sa capuche. Ensuite, les cadeaux ont commencé à apparaître. Puis les lettres. Puis ce fut le tour des symboles. Le tout émanant de lui. *L'Homme sans visage.*

J'ai essayé de lui montrer que les lettres étaient bien réelles, que je n'hallucinais pas comme elle le prétendait. En fait, j'ai essayé de prouver à tout le monde que quelqu'un m'observait et me laissait des messages. Personne ne m'a crue – ils pensent que ce sont juste les divagations d'une femme ayant perdu la raison. Je prenais des photos des lettres, mais elles disparaissaient de mon téléphone. Chaque fois que je mettais les parchemins dans mon sac, ils se perdaient dans le néant, avant de réapparaître dans ma chambre avec une note disant :

*C'est notre petit secret.*

Je ne suis pas folle. Je *ne suis pas* folle.

Les cadeaux qu'il me laisse sont bien réels. Tout comme les symboles qu'il trace sur mon corps. Je sais qu'ils sont réels.

« Vous vous êtes acheté des fleurs, Lili, vous l'avez juste oublié », m'a dit Mallory, alors même que je n'ai jamais été une grande amatrice de fleurs.

Quand je lui ai parlé des symboles, elle m'a expliqué : « Vous avez sans doute fait du somnambulisme et vous avez dessiné ces symboles vous-même. »

Je pensais qu'elle avait raison parce que l'homme ne me rendait jamais visite quand j'étais avec Evan, que ce soit chez lui ou chez moi. Je me réveillais le matin ou en plein milieu de la nuit avec Evan à mes côtés, et mon corps ne portait aucune des marques que l'Homme sans visage me faisait. Il n'y avait pas de lettre sur mon oreiller ni sur ma table de nuit. Pas de fleurs posées sur mon bahut ou sur ma commode. J'étais libérée des cauchemars de l'Homme sans visage, ne serait-ce que pour une nuit. Bien que je ne sache pas dire s'il est un cauchemar ou un rêve des plus doux.

Evan était mon bouclier face à l'Homme sans visage.

Jusqu'à ce que mon harceleur arrête de se préoccuper de sa présence.

Les ronflements d'Evan sont le seul bruit qui monte dans l'espace restreint de ma chambre. C'est trop tôt pour que le chien d'en dessus se mette à aboyer ou pour que les enfants d'en dessous commencent à regarder leurs dessins animés avant d'aller à l'école. Tous les voisins le disent, la nuit, je suis le seul bruit dans l'immeuble, à geindre et à gémir lorsque les terreurs nocturnes m'assaillent. Evan dit que je ne fais pas toujours de cauchemars ; parfois, je ne fais que parler dans mon sommeil, mais je ne me souviens pas toujours de mes rêves. Les seuls rêves dont je me souviens sont ceux de l'accident, et c'est là que les cris arrivent.

C'est pour cette raison qu'Evan préfère que nous vivions séparément, parce qu'il doit « rester au taquet » pour son travail. Et il dit qu'il ne peut pas le faire si je le réveille avec mes divagations.

Quand je suis couchée à côté d'Evan, une fois par semaine, j'essaie de ne pas dormir, de peur de le réveiller. J'essaie de toutes mes forces de rester éveillée, je le jure. Mais les médicaments que Mallory me prescrit finissent toujours par m'endormir, même si ce n'est que quelques heures.

Je descends lentement la couette sur mes jambes nues et traverse la pièce sans bruit, n'osant pas baisser les yeux sur mon corps, jusqu'à ce que le parquet sous mes pieds soit remplacé par du carrelage froid et que le néon terne de la salle de bains m'éclaire. Lentement, mon regard quitte mes cheveux brun foncé en bataille et se pose sur le symbole tracé sur ma poitrine et les empreintes de mains noires qui englobent mes cuisses généreuses, dépassant de mon débardeur et de mon short. Je ne vois pas la cicatrice de vingt centimètres de long sur mon ventre, ni aucune des autres cicatrices que mon corps porte depuis l'accident, mais je sais qu'elles sont là.

Je me mords la langue pour réprimer un sanglot et arrache mon regard du miroir. En desserrant mes doigts autour du morceau de papier, je vois la lettre sous la lumière terne et espère bêtement ne me retrouver face à aucun mot. Mais comme toujours, un message en écriture cursive me nargue : *Tu es belle quand tu dors.*

Je ne sais pas ce qui est le plus bête : le fait de n'espérer trouver aucun mot écrit ou d'espérer que ces lettres ne s'arrêtent jamais.

Je ferme fort les yeux, attrape un gant de toilette et mouille le tissu noir sans attendre que l'eau devienne chaude. Je dépose la lettre sur le meuble de la salle de bains et me distrais avec mon propre reflet. Je ne peux pas m'empêcher de toucher les marques qu'il a laissées sur mes cuisses. Chaque empreinte est bien plus grande que ma propre main, ce qui est une preuve de plus que je ne suis pas folle. J'ai arrêté d'essayer de convaincre les gens que je ne suis pas tarée, mais ces preuves physiques sont autant de légitimations.

Habituée à nettoyer les traces de charbon sur ma peau, je suis de retour dans ma chambre en un rien de temps et j'ouvre le tiroir qui contient presque tout ce que l'Homme sans visage m'a offert. La lettre atterrit dans l'une des boîtes à chaussures remplies des centaines de messages qu'il m'a laissés. À côté du tas de plumes d'oiseaux noires et des crânes de différents animaux.

Je n'arrive pas à me résoudre à jeter le moindre de ces objets, sortes de preuves tangibles que je n'ai pas perdu toute santé mentale. Ou du moins, je me dis que c'est la vraie raison pour laquelle je garde ces choses.

J'ai renoncé à conserver les fleurs qu'il me laisse, étant donné qu'elles pourrissent en l'espace de quelques jours. Toutes sauf une. Mon attention se fige sur le lys sans tige au coin du tiroir, toujours éclatant bien qu'il soit enfermé dans la prison froide d'un tiroir en bois depuis un an et demi. C'est un cercueil, juste en moins grand.

La respiration tremblante, je replonge dans le noir le tiroir empli des cadeaux de l'Homme sans visage et me glisse sous les draps froids à côté d'un homme qui ignore que ces lettres sont la seule raison pour laquelle je suis en vie.

J'aurais aimé mourir ce jour-là.

Mes pensées sombrent dans le néant du bruit blanc au son du tic-tac de l'horloge. Une minute après l'autre. Une heure après l'autre. Le temps file en un clin d'œil, je suis en sécurité dans le confort de mon propre cerveau. Jusqu'à ce que, finalement, le réveil sonne.

Je suis morte ce jour-là, mais mon corps a continué à vivre. Je peux fixer le vide pendant des heures, regarder des ombres s'étirer dans la pièce avant de se recroqueviller dans un coin, sans que la moindre pensée traverse mon esprit, ni que la moindre émotion secoue ma poitrine. Parfois, je me demande si c'est mieux de ne rien ressentir ou de ressentir absolument tout.

Le temps continue de s'écouler jusqu'à ce que je trouve un nouveau parchemin brun dans ma main. Ces papiers me donnent l'impression d'avoir un cœur, qu'ils le fassent palpiter ou gronder, je me sens vivante.

*Je me demande quel goût tu as, ma sombre tempête.*

*Tes gémissements sont comme une symphonie angélique. À quoi ressembleront tes cris ?*

*Lilith, mon petit monstre nocturne, mon parfait alter ego, bientôt, tu seras totalement mienne.*

Evan grogne : « Éteins ce truc. »

Je tique, percutant enfin que le réveil braille depuis déjà plus d'une minute. En appuyant sur le bouton « off », je marmonne : « Désolée. »

« On dirait que tu veux me filer un mal de crâne. »

Je ravale ma salive et attends de sentir pencher le matelas puis entendre couler l'eau dans la douche pour sortir la tête de l'oreiller et fixer l'ours en peluche assis au sommet de ma commode. Ses yeux noirs perçants sont braqués sur moi tandis que je prends mon téléphone et remets au début l'enregistrement du *babyphone* vidéo.

Comme chaque fois, l'écran clignote et des heures de vidéo disparaissent, emportant toute trace de ce qui a pu se passer : que l'Homme sans visage soit venu dans ma chambre ou que je me sois réellement baladée et laissé des messages, ignorant complètement la réalité.

La douche s'arrête et les signes annonciateurs de l'ouverture imminente des rideaux m'extirpent de mon téléphone. Je ne sais pas pourquoi je m'embête encore à contrôler. Je ne trouve jamais rien.

Je suis à peine entrée dans la salle de bains que je serre déjà les dents et jette un regard noir à la flaque d'eau qui inonde mes chaussettes. Je lance à Evan « tu pourrais utiliser le tapis de bain, s'il te plaît », sachant qu'il peut m'entendre malgré le cliquetis de la cuisinière à gaz qui s'allume.

Un soupir exaspéré me parvient de la cuisine. « Putain, Lili, il est bien trop tôt pour que tu lances une dispute. Je l'ai pas fait exprès, tu t'en doutes. »

Je me mords la langue et ravale une quelconque riposte qui n'aurait jamais franchi mes lèvres, puis entre dans la douche avant de grimacer sous l'eau qui reste froide. Au bout de quatre ans, je sais qu'il vaut mieux ne rien répliquer, même s'il ne se comportait jamais ainsi avant.

Je ferme les yeux et laisse le froid mordre ma peau. Au moins, je ressens quelque chose, même si ce n'est qu'un bref instant. Evan ne m'a pas lâchée après l'accident et il ne s'est pas débiné lorsque j'ai raconté avoir vu l'Homme sans visage.

Il n'était pas obligé de rester avec moi ou de me soutenir, mais il l'a fait. Je ne sais pas encore combien de temps je serai capable de retenir mon souffle à ses côtés. Je sais juste que je ne parviens pas à prononcer les mots qui nous détruiraient.

« Bientôt, mon amour. » Le chuchotement d'une voix de baryton me glace plus que l'eau froide. J'ouvre les yeux d'un coup et ravale une expiration brutale à la vue de la forme sombre juste derrière le rideau de douche.

*Il est là. L'Homme sans visage est là.*

J'agrippe le tissu plastique et le tire brusquement de côté, m'attendant à voir Evan ou l'Homme sans visage. Au lieu de quoi, je suis accueillie par ma salle de bains vide et les flaques d'eau sur le carrelage.

Je tire la serviette usée de la tringle, me sèche et enfile mes habits de travail aussi vite que possible. Je marque un temps d'arrêt. Mon jean noir me semble plus serré que d'ordinaire. Il a probablement rétréci à la machine à laver. Ce qui arrive souvent, ces derniers temps, mes habits ne tombent pas comme d'habitude.

L'assaut de pensées liées à l'Homme sans visage sort de ma tête ce problème sans intérêt. Je ne peux pas être sérieusement en train de penser à mes habits alors que mon harceleur se tenait peut-être de l'autre côté du rideau de douche pendant que je me lavais.

Je me précipite à la cuisine, aussi rapidement que mes pieds me le permettent sans alerter Evan de ma fébrilité. Mon corps bourdonne de nervosité et d'un *besoin* réprimé – besoin de quoi, je l'ignore. J'ai l'impression de ne pas pouvoir respirer avant d'avoir avalé mon médicament avec une gorgée d'eau.

Le trottoir de l'autre côté de la rue est visible depuis cet endroit de la cuisine, tout comme les appartements situés directement en face du mien. Je ne compte pas le nombre de fois où j'ai lutté contre l'envie de toquer aux portes pour demander aux gens s'ils avaient vu l'Homme sans visage dans ma chambre.

Je ne vais pas prendre la peine de demander à Evan s'il l'a vu ou s'il l'a entendu murmurer ces trois mots. La réponse sera un non sans appel.

« C'est tout ? »

Je pose le verre d'eau sur la table et me tourne vers Evan. « Quoi ? »

*Allez, Lili, dis-le. Prononce ces trois mots : je te quitte.*

Il soulève mon porte-monnaie noir, qui s'effiloche et dont les bords en matière synthétique s'arrachent. « C'est tout ce que tu as reçu en pourboire ? »

Je pense : *Allez, dis-le.* « Je devais voir Mallory. » *Putain, Lili.* Je grimace intérieurement. *Allez. Tu sais qu'il te tire vers le bas. Cela fait maintenant des mois que tu veux prononcer ces mots et tu ne l'as toujours pas fait.*

Evan soupire et passe sa main dans ses cheveux dorés encore trempés. La douce lumière du matin filtre par la fenêtre, baignant son visage d'un éclat blême. Depuis quand a-t-il l'air aussi usé ? Lui qui était si beau, si plein de vie et d'amour, toujours à insister pour que nous partions à l'aventure et sillonnions la côte, à camper à l'arrière de son pick-up. C'était avant que j'aie trop peur de conduire hors de la ville. Mais je n'ai jamais été pleinement comblée par cette vie, j'ai toujours eu l'impression qu'il y avait quelque chose qui n'allait pas ou qui manquait.

*Dis-le.*

Il soupire, l'air déçu. « Je t'ai dit qu'ils réduisaient mes heures et qu'il faut que tu fasses plus de pourboires. »

Je fronce les sourcils. « Je suis barista, Evan, pas serveuse. Je suis derrière une machine et je fais des cafés, il n'y a pas grand-chose que je...

— Peut-être que tu devrais faire un peu plus d'efforts. » Il lève la main au ciel. « Ça ne fait pas de mal, par exemple, de sourire plus ou simplement de *parler* aux clients. Ce n'est pas de leur faute si tu ne leur as pas donné de raisons de te laisser plus de pourboires. »

Je baisse la voix pour atténuer toute émotion avant qu'elle ne me submerge. « J'avais besoin de voir Mallory. »

Mallory. Les médicaments. Le loyer. Autant de raisons qui font que je n'ai jamais plus qu'un paquet de pâtes dans mon placard et du lait en poudre au réfrigérateur parce que c'est moins cher que le vrai lait.

Evan et moi avions l'habitude de cuisiner ensemble toutes sortes de plats élaborés, à l'époque où nous avions une vie et de l'argent. J'aimais faire à manger et il aimait manger ce que je préparais alors que ce n'était pas encore terminé. Ma sœur, Dahlia, disait que nous étions un couple de pouvoir.

« Et qu'en est-il de *mes* besoins, Lili ? » Il secoue la tête. « Tu n'as pas pensé à *moi* avant d'aller la voir ? Je t'ai dit que c'était serré, niveau argent, et tu vas le gaspiller chez une psy qui, *clairement*, n'est pas vraiment utile.

— J'ai pensé... » Je ferme la bouche avant de creuser plus encore ma tombe.

J'étais au supermarché quand j'ai eu l'impression que l'Homme sans visage se tenait derrière moi et qu'il a soulevé mes cheveux de mon épaule pour respirer mon odeur. J'ai senti son souffle sur ma nuque lorsqu'il a murmuré : « Tu sens divinement bon, ma tempête du bout de la nuit. »

Son torse était contre mon dos, mais j'étais glacée à l'idée que ce fût enfin le moment de faire face à mon démon. Lorsque j'ai enfin trouvé le courage de me retourner, la seule autre personne dans l'allée était une vieille dame qui regardait sa liste de courses. Sauf que, du coin de l'œil, je *jure* avoir vu Dahlia couverte de sang et d'hématomes. D'un seul coup, l'Homme sans visage était moins effrayant.

Peut-être qu'elle me dit qu'il est temps d'affronter mes peurs et d'aller leur rendre visite, à elle et à mes parents, au cimetière Millyard. Mais je n'arrive pas à me résoudre à le faire. Pas encore. Peut-être jamais.

Je pourrais expliquer précisément à Evan pourquoi j'avais besoin de voir ma psy, mais il dirait que je suis folle. Comme toujours. Les deux fois où je lui ai montré les marques au charbon sur mon corps, il m'a traitée de « cinglée ». Puis il a marmonné quelque chose du genre que c'était moi, le problème, pas les médicaments.

*Prononce ces trois mots. Je. Te. Quitte.*

« Tu es tellement égoïste parfois, Lili. Combien de fois faudra-t-il que je te rappelle que tu n'es pas la seule à avoir des besoins », fustige Evan. Je détourne mon regard de lui alors que les larmes me brûlent les yeux et menacent de couler. Mais je sais qu'elles ne couleront pas. Elles ne coulent jamais.

Evan a déjà tant fait pour moi ; il est resté à mes côtés et s'est assuré que je ne sombre pas après avoir perdu Dahlia dans l'accident. Ou du moins, quand j'ai sombré, que la mort ne m'emporte pas. Donc peut-être qu'en fait, je ne lui dois rien du tout.

Evan me saisit le bras et me tourne pour me mettre face à lui. « Ne regarde pas ailleurs quand je te parle ! »

Ses doigts s'enfoncent dans ma peau, assez pour y laisser un bleu. Je gémis « tu me fais mal », tout en me libérant brusquement de sa prise.

Ses yeux s'écarquillent et je fais un pas en arrière alors qu'il m'attrape encore une fois, encerclant de ses doigts le même endroit moelleux. Il me tire contre son torse puis passe sa main dans mon dos et couvre le sommet de mon crâne de baisers peu enthousiastes. « Je suis désolé, bébé. Je ne voulais pas te faire mal. Tu sais comment je suis, le matin, quand je n'ai pas encore eu ma dose. »

Trois coups lents et menaçants font trembler les murs de mon petit appartement et nous nous crispons tous deux.

« C'était quoi, ça ? » Evan se recule. « Tu as entendu ? » Il se dirige vers la porte d'entrée et regarde dehors. Il n'y aura personne. Parce qu'*il* est dehors, sur le trottoir, à me fixer.

L'Homme sans visage.

Parfois, il porte un pull à capuche, parfois il porte une cape, parfois un manteau en cachemire. Chaque fois, sa capuche est tirée sur sa tête, enveloppant son visage dans les ténèbres. Même si je ne vois pas ses yeux, je sais qu'il voit mon âme. J'attends le jour où il viendra la prendre.

# 2

# Lilith

Je cligne des yeux et l'endroit où se tenait l'Homme sans visage est maintenant vide. Je prends ma tête dans mes mains et envisage de reprendre un cachet. Ils sont censés faire cesser les hallucinations, mais cela ne marche pas.

Mon téléphone égrène quelques notes dans ma chambre. J'ignore les bougonnements frustrés d'Evan à propos des gens qui toquent aux portes à 7 heures du matin et comme quoi, maintenant, il n'a plus assez de cash pour compléter son stock. Je laisse mon cerveau s'anesthésier et mes pieds me conduisent là où se trouve mon téléphone, posé au milieu du lit.

Mes sourcils se froncent face au numéro inconnu qui s'affiche. Je déverrouille mon téléphone pour lire le message. Des frissons parcourent mon corps et je jette l'appareil sur le lit.

Non.

Il communique par lettres, pas par SMS. Ce n'est pas possible que ce soit lui. À quel moment l'Homme sans visage s'est-il mis aux technologies modernes ? C'est peut-être la preuve qu'il me faut, un message sur mon téléphone qui montre qu'il m'observe, depuis tout ce temps. Que je n'ai pas tout inventé.

Je prends une nouvelle inspiration fortifiante et ramasse mon téléphone. Je ferme fort les yeux et compte jusqu'à trois en me disant que je ne suis pas en train d'imaginer des choses, puis rouvre les yeux. Le message est toujours là, installé dans une bulle grise dans ma boîte de réception.

Numéro inconnu

La mort arrive en ombres
dans la lumière ; elle n'a pas besoin
d'attendre l'obscurité. Pour lui,
je viendrai comme un ouragan.

Peu importe le nombre de fois où je relis le message, je n'arrive pas à en trouver le sens. Pourquoi doit-il être aussi énigmatique ? Sans trop y réfléchir, j'envoie une réponse :

Moi

Qui êtes-vous ?

Je fixe le fil de discussion, attendant une réponse, mais rien ne vient. C'était une idée bête, de toute façon. Cette situation tout entière est exclusivement à sens unique, il me parle et me nargue, mais il ne veut pas entendre ce que je dis.

Je sursaute lorsque mon téléphone sonne à nouveau. Honnêtement, je ne m'attendais pas à ce qu'il réponde. Rassemblant toute mon énergie émotionnelle, je lis le message.

Numéro inconnu

> Tu me connais,
> tout comme je te connais.

Mais que veut-il dire ? Mes doigts pianotent sur le clavier, alignant les mots pour lui faire savoir à quel point je n'en peux plus de ses jeux, alors même qu'au fond de moi, j'espère qu'il ne me prendra pas au sérieux et continuera ces jeux.

« À qui écris-tu ? » demande sèchement Evan, qui me regarde depuis le seuil de la chambre.

Je manque presque de lâcher mon téléphone, comme si j'essayais de cacher des indices compromettants. Je n'ai rien fait de mal, et j'ai la preuve en main que je n'ai pas inventé mon harceleur. L'Homme sans visage est le seul qui ne me traite pas comme si j'avais perdu la tête. Mais je ne peux pas me résoudre à montrer les messages à Evan, aussi bien par crainte qu'ils ne soient qu'un tour que me joue mon cerveau et que je sois folle comme tout le monde le dit que par peur qu'il y ait réellement un homme qui vienne dans ma chambre la nuit et me touche.

Dans tous les cas, je ne suis pas convaincue.

J'essaie d'afficher un sourire innocent, puis me rends compte qu'en temps normal, je ne sourirais pas à une telle question. Du moins, la Lili d'après l'accident ne le ferait pas. La Lili d'avant aurait plaisanté et demandé s'il était jaloux. Cette Lili parle aussi peu que possible en dehors du bureau de Mallory. « Le boulot. »

Il me fixe avec méfiance, mais grogne simplement. « J'y vais. Y a plus de pain. »

Je ne réponds rien et reste clouée sur place pendant un long moment après avoir entendu le parquet craquer sous ses pas et ma porte d'entrée se refermer derrière lui.

Avant, nous nous embrassions avant qu'il parte. Nous convenions précisément de quand nous allions nous revoir, comme si nous devions nous assurer que le soleil se lèverait le lendemain. Il ne comblait pas totalement mon cœur, mais après cette dernière année et demie, je me rends compte que ce qu'il faisait, c'était occuper mon temps et remplir le vide que je ressentais à errer dans la vie, sans but.

Mon attention se focalise sur la petite déchirure dans le papier peint, juste au-dessus d'où se trouvait Evan, puis toutes mes pensées s'échappent de mon esprit jusqu'à ce qu'il n'y ait rien d'autre que du bruit blanc.

« Vous faites de la dissociation, m'a dit un jour ma psychiatre, votre cerveau se met dans un état de refuge. »

Je ne devrais plus pleurer la relation que nous avions, Evan et moi. Je devrais avoir fait le deuil de mon ancienne vie. Mais en vérité, je m'en rappelle à peine. On ne peut pas faire le deuil de quelque chose qu'on a oublié avoir eu.

Mon copain en apparence parfait qui n'est maintenant plus si parfait, le boulot de mes rêves et la sœur que je n'ai plus. Elle, je ne l'oublierai jamais, mais le reste, je ne m'en souviens presque plus.

L'alarme de mon téléphone me sort de mon lieu sûr, cet endroit où personne ne peut me faire du mal, moi y compris. Je me mets en route en pilote automatique, j'attrape mon sac et mes clés puis traverse la ville en voiture pour arriver au travail juste au début des heures de pointe.

Je me suis fixé comme règle de ne pas ouvrir mon casier au moment de commencer le travail parce que je ne sais jamais ce que je vais y trouver.

La matinée passe dans un déluge de commandes et, comme Evan l'a suggéré, je fais plus d'efforts. J'affiche un sourire charmant, même si je sais qu'il n'atteint pas mes yeux, et je demande aux clients ingrats comment se passe leur journée. Comme l'a dit Evan, je n'ai plus rien dans mon frigo et il travaille moins, ce qui veut dire que je ne peux pas voler des paquets de nouilles instantanées et des barres de céréales chez lui sans qu'il le remarque. À moins de demander... Non, je me suis promis de ne rien lui quémander. Donc il faut que je gagne de l'argent.

C'est juste un bar à café. Les gens ne laissent pas de gros pourboires, étant donné qu'ils essaient simplement d'avoir leur dose de caféine sur le chemin d'un boulot qu'ils détestent probablement après avoir sans doute dû batailler pour mettre leurs enfants dans la voiture et être restés coincés dans les embouteillages pendant une heure. À leur place, je ne serais pas d'humeur à papoter et à sortir un peu plus de monnaie pour la barista qui me force à regarder en face ma vie misérable.

La ruée passe et la tirelire à pourboires est aussi pathétiquement vide que la veille. Un verre d'eau posé sur le comptoir, abandonné par un client, me fait bouger. Alors que je le prends, je deviens sourde à tout ce qui m'entoure, soudainement subjuguée par le reflet dans l'eau : un nuage sombre caché sous une capuche.

Un pressentiment me chatouille la peau et je plisse les yeux en regardant le reflet.

Un souffle doux effleure le côté de mon visage avant de murmurer : « *Bientôt*, mon petit monstre nocturne. »

Le verre m'échappe tandis que je fais volte-face, tout en sachant que je ne le trouverai pas ici. Au lieu de quoi, je jure voir Dahlia de l'autre côté de la fenêtre, dehors. Mais elle n'est pas là non plus.

Mon cœur bat à tout rompre dans ma poitrine et le monde réel me revient à pleine puissance, assaillant tous mes sens. Mon T-shirt noir qui me colle au dos, mon jean noir qui s'enfonce dans les plis de mon ventre et de mes cicatrices, l'odeur du café, l'enfant qui pleure, les tableaux d'art abstrait.

Trop. Tout est beaucoup trop. J'ai envie de lui hurler de me laisser tranquille. De le supplier de me montrer son visage. Perdre mes proches n'était pas une punition suffisante pour le fait d'être en vie ? Il faut maintenant qu'il me hante, qu'il me pourchasse, qu'il me nargue. Que croit-il obtenir ? Il veut me briser ? Parfait, je suis déjà brisée. Me faire mal ? Très bien, je connais la douleur. Mais ce petit *manège* ? Quel que soit le jeu tordu dont il est question, il doit cesser. Même si j'y ai parfois pris plaisir.

Je ne suis pas tout à fait certaine que l'Homme sans visage soit réel, mais je *sais* que je vois Dahlia, ou tout du moins que je l'imagine. Elle est morte. Elle ne reviendra jamais. Je dois juste lui faire face. Un jour. *Pas aujourd'hui*, me dis-je.

Je trébuche en reculant lorsque des mains douces touchent ma peau, pensant qu'il s'agit de ses mains *à lui*. Et, pendant une fraction de seconde, le seul mot qui me traverse l'esprit à ce toucher est « enfin ».

« Excuse-moi, je ne voulais pas te faire sursauter. Tout va bien, Lili ? Tu as l'air un peu pâle. » Brit est plus jeune que moi, mais elle est bien plus équilibrée que je ne le serai jamais. En bonne responsable de service, elle se met à nettoyer mes dégâts avant que je n'aie répondu, mais elle lève vers moi ses yeux noisette, inquiets.

J'acquiesce, puis secoue la tête. « Je vais faire une pause, j'ai juste eu des vertiges.

— Tu peux prendre ta journée, si... »

Je crache : « Non. » Je ne peux pas me permettre de rater le travail. « Je n'ai pas mangé, c'est tout. »

J'essaie de cacher mes mains qui tremblent dans mon tablier et me force à ne pas regarder autour de moi pour voir si je peux le surprendre à me fixer. Ou pire, m'imaginer Dahlia encore une fois.

Brit fronce les sourcils, mais acquiesce. Je me hâte vers la salle des employés avant qu'elle n'ait le temps de changer d'avis et d'envoyer en pause quelqu'un d'autre d'abord. Mon sac est posé sur la table, là où je l'ai laissé, et je bataille avec la fermeture éclair avant de farfouiller jusqu'à attraper le flacon de cachets orange. J'avale le médicament sans le regarder, à sec, et me mords l'intérieur des joues pour ne pas m'étouffer avec son goût rance.

Ma tête tombe en avant entre mes épaules et je m'accroche à la table en essayant de reprendre mon souffle lorsque je remarque mon téléphone qui dépasse de mon sac. Il m'a écrit. Ce qui veut dire que je peux enfin lui répondre et lui faire savoir précisément ce que je pense de ses petits jeux.

Je ne perds pas de temps et prends mon téléphone pour taper un message.

Moi

Laisse-moi tranquille !

Numéro inconnu

Jamais, ma précieuse fleur.

J'ai le souffle coupé une fois de plus, puis une nouvelle fois lorsque je me rappelle qu'il est temps de m'occuper de mon casier. Brit me sermonne toujours en disant que je suis la seule employée à laisser ses affaires sur la table. Elle dit que le propriétaire est bien sympa de nous avoir mis à disposition des casiers et que nous devrions donc les utiliser. Elle dit aussi que s'il y a du désordre dans la salle de pause, il y aura forcément du désordre dans l'espace de travail.

Les quelques pas qui me séparent de mon casier sont emplis d'appréhension. Peut-être d'une pointe d'excitation. Je ne sais jamais ce qui repose derrière la porte en aluminium bleu pâle. Peut-être un cadeau ? Une autre lettre ?

Il a laissé sa toute première lettre sur l'oreiller, à côté de ma tête.

*On se retrouve, mon petit monstre nocturne.*

Je venais de sortir de l'hôpital deux semaines auparavant et la lettre n'a pas été loin de m'y renvoyer. J'ai pensé à une blague de mauvais goût et l'ai oubliée, je me consacrais alors à guérir et à faire mon deuil ; ou du moins, j'essayais de faire mon deuil.

J'entends encore tout le monde me dire que c'est un miracle que je sois vivante, qu'il était impossible de survivre à cet accident qui aurait dû me tuer. Il m'a presque tuée. J'aurais aimé qu'il le fasse. J'ai été dans le coma pendant un mois, puis hospitalisée pendant encore un mois, avant qu'ils ne me renvoient chez moi avec pour seule compagnie des antidouleurs et un traumatisme.

Juste avant que la voiture ne virevoltât dans l'arbre, j'avais senti l'appel de l'Ange de la mort. J'étais prête à l'accueillir à bras ouverts.

Mais il n'a pas voulu m'emporter.

Il a pris ma sœur, à la place. Elle et son copain bon à rien qui s'est mis au volant après avoir insisté en clamant qu'il n'avait bu qu'une bouteille.

Dahlia est morte et je suis vivante. Ma moitié. Ma jumelle.

Ils n'ont rien dit à propos d'hallucinations après l'accident, alors même que je leur ai raconté qu'il y avait un homme avec une capuche qui se tenait à côté de mon lit, qu'il a déposé un lys sur ma poitrine. Les médecins ont balayé la chose, mettant cela sur le compte des effets secondaires des médicaments et du choc d'avoir perdu Dahlia. Je leur ai dit que c'était l'Homme à la faux. Mais ils m'ont regardée d'un air fatigué et m'ont conseillé de simplement me reposer.

« Une phase », ont-ils affirmé.

J'ai ramené le lys à la maison, parce que après un mois, il n'avait toujours pas fané. L'infirmière a prétendu qu'il était comme moi : un survivant qui défie tous les possibles. Le lys est maintenant rangé dans l'obscurité de mon tiroir, survivant encore et encore et encore, tout comme moi. Attendant une mort qui ne vient jamais. Une consolation qui n'arrive jamais.

J'ai entendu l'un des amis d'Evan me traiter de « cafard » après que j'ai tenté une nouvelle fois, sans succès, de retrouver l'Homme à la faux. Mais j'ai arrêté d'essayer. Je n'aime pas échouer.

Je pensais que c'étaient simplement les médicaments de l'hôpital qui jouaient des tours à mon cerveau. Ensuite, j'ai été convaincue que c'était une blague impossible. Puis j'ai ouvert mon casier au travail pour y découvrir un nouveau lys. Il a fané quelques jours plus tard avant d'être remplacé par un autre dans mon casier, accompagné d'un message qui disait :

*Tu seras mienne.*

Je me suis fâchée contre Evan, l'accusant de me faire une plaisanterie de si mauvais goût. Il a démenti et tous les autres aussi. Et pourtant, les lettres ont continué, apparaissant dans d'autres endroits où elles n'auraient pas dû pouvoir être : la poche de mon manteau, ma voiture, mon sac à main. Elles n'ont pas cessé depuis, persistantes dans leur nature.

Tout en serrant les dents, je tourne le loquet du casier et me prépare mentalement à ce que l'Homme sans visage pourrait m'avoir laissé aujourd'hui.

La dernière fois, c'était un crâne en quartz rose, la fois d'avant, du caviar – j'ai dit à Brit que je n'en avais jamais goûté. Avant cela, une liasse de billets – le cadeau le plus pratique qu'il m'ait laissé. Mais il me dépose toujours au moins un lys, que ce soit chez moi ou au travail. Toujours un unique lys blanc.

J'ouvre la porte et un frisson me parcourt le dos tandis que j'attrape le parchemin brun et déroule cet épais papier, tout en ayant la sensation d'être observée.

*Même un lever de soleil n'est rien face à ta beauté.*

La chaleur me teinte les joues, mais je me force à l'étouffer. Depuis l'accident, les seules fois que des termes liés à la beauté ont été utilisés pour me décrire, c'était dans un article de journal qui me qualifiait de « tragédie magnifique » et dans les messages que me laisse l'Homme sans visage. Je n'ai jamais imaginé que je chercherais la validation d'un homme qui est un mystère total, mais j'en suis devenue obsédée.

C'est plus qu'une obsession. C'est un désir. Un besoin.

Autant je veux qu'il sorte de ma vie, autant il est la seule raison qui fait que je ne me suis pas sentie complètement seule depuis la mort de Dahlia. Une part de moi espère que ce manège ne s'arrête jamais, par peur qu'une fois parti, je me rende compte qu'il a emporté avec lui les canots de sauvetage d'un bateau en train de couler.

Cela fait-il de moi une folle comme ils le prétendent ? Ou simplement un être humain ?

***

L'appartement est vide lorsque j'arrive. Comme toujours.

Mon service s'est terminé sans pépin, mais j'ai mal aux pieds et mon ventre n'a pas arrêté de gargouiller étant donné que je n'ai rien mangé depuis vingt-quatre heures.

Je lance une pizza au micro-ondes et mange en silence, fixant la tache noire au-dessus de la cuisinière.

Le manque de sommeil de la nuit dernière commence à me rattraper. Mon corps devient lourd lorsque je m'apprête à effectuer ma routine du soir, devant mon tiroir de médicaments. Les cachets contre les hallucinations et les anxiolytiques suffisent pour m'endormir. Rester endormie est par contre un tout autre problème.

Lorsque je rêve, je sais que je rêve de *lui.* Je ne me souviens pas de ce qu'il se passe dans le rêve, donc je ne peux rien affirmer pour sûr. Mais je suis certaine que c'est lui. Les seuls rêves dont je me rappelle sont ceux de la nuit de l'accident.

Je n'ai pas entendu ses bottes noires faire craquer les feuilles mortes lorsqu'il s'est approché de moi pendant que la voiture de Dahlia flambait derrière lui, avec elle dedans. Je n'ai rien entendu de tout cela. Les médecins m'ont dit que j'ai volé à travers la vitre au moment de la collision, atterrissant par terre, le corps percé de bris de verre et la nuque tordue de côté. La ceinture de sécurité défectueuse est la seule chose qui a empêché que je sois brûlée vive.

Je n'ai pas pu bouger pour le regarder lorsqu'il s'est agenouillé à côté de moi et qu'il a glissé son doigt sur ma joue en sang en murmurant : « Pas encore, ma Lilith. »

Les cachets descendent dans ma gorge et je traîne les pieds jusqu'à ma chambre. Je vérifie que le *babyphone* vidéo a assez de batterie et que les fenêtres sont bien fermées avant de tomber au lit et de m'abandonner à un sommeil induit par les médicaments.

***

« Si douce. Si belle. Ma précieuse petite fleur. » Sa voix retentit derrière moi.

Je laisse échapper un petit cri et fais volte-face. Pour une fois, il est là. Vêtu d'une cape, debout sur une plage, avant une tempête. Les vagues grondent en se fracassant sur la côte, un bleu profond sous le ciel gris ardoise.

Le vent fait frissonner mes bras nus et ma robe blanche claque contre mes jambes. Mais je n'ai pas froid. Je ne ressens aucunement la morsure de la nature. Lorsque je baisse les yeux, je remarque enfin que je me tiens au bord de son symbole, tracé dans le sable.

D'un seul coup, les bruits disparaissent, alors même que les vagues deviennent affamées et que des éclairs déchirent le ciel. La distance entre nous se referme jusqu'à ce qu'il ne soit plus qu'à quelques pas.

C'est un rêve, mais qui me semble tellement réel. Suis-je déjà venue ici ? Pourquoi cet endroit m'a-t-il l'air si familier ?

L'Homme sans visage tend la main et fait glisser l'un de ses doigts pâles sur ma joue, comme lors de la nuit de l'accident. Ce contact est si chaud et tendre, je meurs d'envie d'arracher cette capuche de sa tête pour voir à quoi il ressemble. Je veux *tout* voir de lui. J'ai déjà remarqué comme ses habits sont serrés et mettent en avant ses muscles cachés sous les couches de tissus sombres. Je mérite bien plus.

Ses doigts descendent sur ma nuque et il m'attire plus contre lui. Pourtant, je n'arrive toujours pas à voir ce qui est caché sous les ténèbres de sa capuche. Je devrais le repousser, lui dire d'aller brûler en enfer parce qu'il me chasse comme une proie.

« Tu es une vision de beauté pure, Lilith. »

Personne ne m'appelle ainsi, ni « Lilith » ni « beauté pure ». Le choc que ces mots provoquent n'empêche pas un frisson de parcourir tout mon dos. J'aime entendre mon nom sur ses lèvres – s'il en a.

« Comment t'appelles-tu ? » dis-je.

Son autre main se lève pour venir tracer la courbe de mes lèvres. « Comment aimerais-tu m'appeler ?

— Tu es l'Homme sans visage. »

Son rire gronde comme la mer et je manque de me rapprocher doucement juste pour me délecter plus encore de ce son. Peut-être même placer ma main contre son torse pour en sentir les vibrations. « Ce n'est que parce que tes yeux sont fermés, mon amour. »

Mes orteils se recroquevillent de plaisir sur le sable noir. Je me dis que c'est parce que sentir du sable sous mes pieds m'a manqué et non parce que l'entendre dire « mon amour » autrement que dans un murmure a provoqué une intense chaleur dans tous les recoins de mon être.

Je fixe sa silhouette encapuchonnée puis regarde l'étendue d'eau et de sable autour de moi. « Qu'est-ce que tu veux de moi ?

— Tout. »

Je ravale ma salive. Je n'ai rien à donner. Pas d'argent, pas de bonheur, pas de foi. Je suis une femme vidée avec un cœur qui ne bat jamais vraiment. J'ai bien mon appartement, mais je ne m'y sens pas réellement chez moi.

La main qui tient ma nuque bouge, il entremêle ses doigts dans mes cheveux tandis que son pouce continue de glisser sur mes lèvres puis le long de ma gorge.

« Pourquoi ? dis-je finalement.

— Parce que tu as été faite pour moi, Lilith. Mon parfait alter ego. Les étoiles se sont alignées et t'ont amenée à moi. »

J'essaie de le repousser en appuyant mes mains contre son torse, mais c'est illusoire. Sous mes mains, il n'y a rien d'autre que du tissu et ses muscles sculptés, dont la simple existence suffit à contrer mes vaines tentatives.

« Tu n'es pas réel. » Rien de tout cela n'est réel. C'est juste un mauvais rêve. D'un instant à l'autre, l'alarme de mon réveil me tirera du sommeil et tout sera terminé. Je n'aurai de nouveau plus que le son de sa voix au travers de murmures inquiétants et les fantasmes qui se jouent dans ma tête quand je lis ses lettres plus *immorales* encore.

Sous sa capuche, sa tête se penche jusqu'à ce que le doux tissu soit appuyé contre mon visage. « Tu ne peux pas me fuir, parce que je te rattraperai. Tu ne peux pas te cacher de moi, parce que je te retrouverai. J'ai senti ton odeur, je veux qu'elle reste sur ma peau ! Tu es inscrite dans ma mémoire. Tu es à moi, Lilith. Tu ne peux rien faire pour m'échapper. »

Je secoue la tête tandis qu'il se redresse et colle mon corps contre le sien, tout durci et chaud comme une journée d'été et pourtant froid comme le premier gel en hiver. Chaque syllabe que ses lèvres prononcent est une corde qui se resserre toujours plus autour de moi, qui me maintient en place. Je n'ai pas envie de partir. J'ai l'impression d'avoir trouvé là ce que je souhaite par-dessus tout : la paix.

Je gémis : « Qui es-tu ? » Je veux sentir plus que ses muscles sous sa cape. Je veux laisser voyager mes doigts sur sa mâchoire pour percevoir s'il est rasé de près ou s'il a une barbe. Je veux savoir si ce sont des yeux gris qui me regarderont, ou peut-être marron ou bleus.

Je ne devrais pas ressentir de telles choses, je ne devrais pas faire ce que je suis en train de faire, alors qu'Evan dort à l'autre bout de la ville. Qui est cet homme à capuche ? Cet homme qui est venu vers moi sur le lieu de l'accident, qui est resté près de mon lit d'hôpital lorsque j'aurais dû rendre mon dernier souffle, qui m'envoie des lettres et m'apporte des cadeaux, même quand je suis au plus bas.

« Je suis qui tu veux que je sois. » Sa main glisse sur mes cheveux et descend dans le creux de ma colonne vertébrale avant de se poser sur la courbe douce de ma taille. Le geste semble si naturel, comme s'il l'avait fait un millier de fois et que nous étions simplement des amoureux qui se retrouvent. « Je vais te donner un indice : tout comme un bateau arrive au port, notre rencontre est inévitable, ma chère Lilith. Au bout du monde, j'attendrai que le bateau arrive. Peut-être pas aujourd'hui, peut-être pas demain, mais je serai là pour vous accueillir, toi et toutes les âmes qui viendront ensuite. »

L'Homme sans visage. L'Homme sans nom. « Pourquoi ne me dis-tu pas simplement ton prénom ? »

Il penche la tête de côté, comme s'il me scrutait. Pourtant, je n'ai pas l'impression que son regard m'examine, mais plutôt qu'il dégage une adoration douce qui remplit de lave mon bas-ventre. L'Homme sans visage m'attire plus encore contre lui, alors même que je pensais cela impossible.

« Tu connais mon nom, mon petit monstre nocturne. » Il lève mon menton et abaisse sa tête au niveau de la mienne, mais je ne vois rien d'autre que les ténèbres sous sa capuche.

« Pourquoi persistes-tu à m'appeler comme ça ? Tu trouves que je suis un monstre ou quoi ? » Je ne comptais pas prendre un ton aussi misérable, mais l'idée d'avoir survécu au détriment de Dahlia me tue de l'intérieur.

« Oh, Lilith, ma si douce fleur. » Je ne vois rien, mais je sais qu'il me sourit. « Lilith, la première femme d'Adam, a été bannie du jardin du mal parce qu'elle désobéissait aux ordres des hommes. Demande qui est Lilith et tu obtiendras diverses réponses : un démon féminin, un esprit qui sème la mort, une créature de la nuit, le péché capital de la luxure, un monstre nocturne. Mais si tu me demandes, à moi, qui est Lilith ? Je te répondrai qu'elle est *tout*. Chaque bourrasque de vent, chaque feuille morte tombée au sol, chaque goutte de pluie. »

Je couine : « Mais pourquoi ? » Mon air est sans doute tout aussi pathétique que mon ton. Je désire tant de choses d'un homme que je ne connais même pas.

Un frisson me parcourt la peau sous l'effet de son petit rire. « Tu as posé beaucoup de questions, ma chère Lili. À mon tour de t'en poser, une seule. »

Je retiens mon souffle, dans l'attente, tandis que mon corps fond contre son étreinte. Son doigt passe sur mes lèvres une fois de plus, puis s'arrête.

« Dis-moi, as-tu un goût aussi sublime que ta beauté ? »

Mes yeux s'écarquillent lorsque son doigt sépare mes lèvres et j'ouvre instinctivement la bouche, goûtant la mer sur sa peau. Sans réfléchir, je referme mes lèvres autour de lui, ma langue caresse son index et il frémit sous mes mains tandis qu'un grognement sourd monte dans son torse.

Il retire son doigt et je suis choquée par le sentiment de perte qui me transperce le cœur. Sa main disparaît dans les ténèbres de sa cape, il me goûte, comme il a dit qu'il le ferait.

« Tellement toxique », lâche-t-il d'un ton rauque.

Ne sachant pas quoi dire, je regarde mes doigts pressés contre son torse et marmonne : « Merci. »

Il fait un murmure d'approbation. « Oh, ma précieuse fleur. Le destin a vraiment créé la perfection. » Il remonte une nouvelle fois mon menton pour que je le regarde. « Je chéris le temps que nous passons ensemble. Bientôt, une vie entière deviendra une éternité. Mais pour le moment, c'est l'heure pour toi de te réveiller. » Il avale mon soupir lorsque ses lèvres douces s'appuient contre les miennes. « À bientôt, mon petit amour. »

# 3
# Lilith

Mes lèvres fourmillent encore sous la sensation des siennes, ma taille brûle encore de son toucher autoritaire. Mais tout était dans ma tête.

*Je ne suis pas folle. C'était juste un rêve réaliste.*

Un rêve *très* réaliste. Dont par hasard je me suis souvenue, pour une fois.

Je n'ai pas arrêté de me le répéter, encore et encore, ce matin, en fixant mon reflet dans le miroir et en pleurant une fois de plus la Lili qui est morte ce jour-là. Je ne peux pas parler à Mallory de toutes ces choses que l'Homme sans visage m'a dites, de la façon dont j'ai eu envie de serrer les cuisses à l'idée qu'il ait mon odeur sur sa peau. Mais c'était un rêve ; je voudrais juste que ce n'en soit pas un.

Tout ce que ma psy ferait, c'est changer ma médication ou augmenter le dosage, mais je ne peux pas me permettre de retourner chez elle. Mon compte bancaire n'est pas assez garni pour que je puisse la voir trois semaines de suite.

Je n'ai même pas les moyens de racheter la pizza surgelée de la veille. Je peux juste espérer que Brit, dans ses bonnes grâces, me laisse emporter les éventuels restes de la journée, bien qu'il n'y en ait généralement pas le week-end. Si je prends mon médicament directement en rentrant, j'aurai trop sommeil pour avoir faim. C'est l'idée la moins chère.

Le trajet pour aller chez Evan me semble plus long que d'habitude, mon cerveau est trop sous le choc pour aller se cacher dans les recoins de mon « lieu sûr ».

Je commence un peu plus tard les samedis et la veille au soir, Evan m'a écrit pour se plaindre de gros maux de tête, ce qui signifiait qu'il ne pourrait pas faire notre petit déjeuner du samedi – pas que nous ayons mutuellement plus à nous offrir que des toasts. Et de toute façon, ce n'est pas comme si nous faisions encore souvent ce petit déjeuner du samedi.

Evan habite une maison dans le quartier étudiant de la ville. Il est à quelques pas du campus, même si son travail consiste à construire des maisons de ses mains et non à payer quelqu'un d'autre pour lire un livre. La façade aurait besoin d'être nettoyée, mais mis à part cela, l'endroit ressemble à ce que l'on s'imagine d'un logement d'étudiants. Quelques bouteilles de bière vides sont empilées sur le porche, un bac à fleurs improvisé construit à partir de vieux pneus est posé le long de l'allée et le voilage en dentelle florale de la cuisine a un trou qui se voit depuis la rue.

L'une des colocataires, Madeline, s'occupe généralement de faire en sorte qu'Evan et Tom maintiennent l'appartement rangé et raisonnablement propre donc au moins, je n'ai pas l'impression de devoir essuyer mes pieds avant de sortir.

J'entre dans la maison et essaie de me déplacer le plus silencieusement possible. Madeline assure les services du soir et est barmaid dans un restaurant du coin, tandis que Tom est agent de sécurité la nuit à l'université. Généralement, je ne les vois pas sortir de leur chambre avant l'après-midi.

Le copain de Madeline, Nate, est en train de se verser un café lorsque j'arrive. Le regard pitoyable qu'il me lance me donne la chair de poule, je me force malgré tout à lui sourire, mais il détourne les yeux comme si me voir le blessait.

Je suis le bruit de murmures feutrés jusqu'à l'arrière de la maison, où je découvre Evan et sa chevelure dorée qui brille au soleil accompagné d'une forte odeur de beuh dans l'air. Evan n'a jamais fumé, mais l'accident l'a mis à rude épreuve lui aussi. Le copain de Dahlia était l'un de ses meilleurs amis.

À côté d'Evan, dans une chaise de jardin, est assise une fille qui doit avoir à peu près mon âge, les cheveux d'un noir obsidienne pur et la peau d'une couleur sépia éblouissant. Elle lève vers moi des yeux bruns enchanteurs puis les détourne rapidement. Lorsque je regarde Evan, il fronce simplement les sourcils, comme si je venais d'interrompre quelque chose d'important.

La fille resserre son cardigan bleu pastel sur elle et fixe la pelouse mal entretenue, en évitant tout contact visuel avec moi.

Je ne l'ai jamais vue avant. La logique et la raison me disent que c'est probablement la « copine de la semaine » de Tom. Mais la réalité me dit que les copines de Tom ne restent pas assez longtemps pour partager un joint avec Evan un samedi matin.

Après mon rêve avec l'Homme sans visage, je me suis dit que je pouvais me maquiller les sourcils et dessiner un trait noir sur mes paupières pour peut-être me sentir aussi belle que l'homme dans mes rêves trouve que je suis. Mais même si la fille aux cheveux noir obsidienne porte un vieux short de pyjama et un cardigan en laine usé, je me sens tellement inférieure. Comment l'Homme sans visage peut-il me laisser des lettres disant que je suis belle quand il y a des personnes comme elle qui existent ? Je me demande comment c'est de se réveiller en se trouvant jolie.

« Qu'est-ce que tu fous là ? » demande Evan en abaissant son joint vers le cendrier. De lourdes poches sous ses yeux trahissent une nuit sans sommeil.

Je tire mon sac de mon épaule et commence à fouiller dedans. « Tu as dit que tu avais super mal à la tête. » Je réussis à trouver les analgésiques de la veille au soir – avant le rêve – et lui tends la boîte. « Alors je t'ai amené des médicaments. »

Evan regarde ma main tendue, puis mes yeux à nouveau. Il tique comme si j'avais dit un truc totalement absurde, puis quelque chose change dans son regard et il s'adoucit. « Merci. Le mal de tête est passé, maintenant. Mais je croyais t'avoir dit de ne pas venir aujourd'hui. »

La petite boîte en carton se plie dans ma main lorsque je relâche mon bras et tourne mon attention sur la fille aux cheveux noirs comme si elle avait quelque chose à ajouter. Pourtant, elle ne lève toujours pas les yeux vers moi.

« Tu m'as dit que tu étais malade alors j'ai pensé que ce serait sympa de... »

Il m'arrache la boîte de médicaments de la main et souffle d'un ton exaspéré : « Merci pour ton aide, mais je ne l'ai pas demandée. »

Je serre les dents. La fille se lève et retourne dans la maison sans nous regarder, ni l'un ni l'autre.

« Tu ne devrais pas déjà être au travail ? » lâche-t-il, évitant à peine de regarder la fille partir.

Je laisse échapper : « C'est qui ? » *Allez, Lili, prononce ces trois mots.*

Evan laisse tomber sa tête en arrière sur la chaise longue et grogne : « Arrête ça ! Je n'ai pas demandé une copine jalouse. Détends-toi, putain, *okay* ? »

La chaleur me pique l'arrière des yeux et nous nous crispons tous les deux lorsque trois coups menaçants retentissent de sous la maison. Exactement comme la veille au matin, dans mon appartement. Evan se lève, jauge la pelouse, l'inquiétude se lit clairement sur son front plissé. Il se retourne pour me faire face et ses yeux tombent sur mon buste.

« Depuis quand tu as ça ? »

Je suis son regard posé au centre de ma poitrine, où un pendentif argenté est suspendu à une chaînette : un triangle dans un cercle. Le symbole dont l'Homme sans visage marque ma peau. Ce même symbole sur lequel je me trouvais dans mon rêve sur la plage.

Le sang afflue dans mes oreilles et je serre le pendentif dans ma paume, ne sachant pas vraiment si j'essaie de le cacher ou de faire comme si le rêve de la nuit dernière ne s'était jamais produit et que je n'avais pas goûté la peau de l'Homme sans visage.

L'envie d'expliquer à Evan que c'est de ce symbole que je lui parle depuis près d'un an s'éteint avant d'arriver à ma langue. Il ne me croira pas, il continuera simplement de penser que je suis complètement tarée.

Lorsque je relève les yeux, je manque de trébucher en reculant. L'Homme sans visage se tient juste derrière Evan, il le surplombe et le plonge dans son ombre. L'instant d'après, l'Homme sans visage a disparu.

« Oh, euh, je l'ai trouvé dans mon armoire. »

Evan me regarde comme s'il ne me croyait pas, mais il n'insiste pas. « Tant que tu n'as pas gaspillé d'argent pour ça. »

J'acquiesce tandis que ma vision se brouille sur les côtés. L'Homme sans visage n'était pas derrière Evan. L'Homme sans visage n'était pas là. Il ne me suit pas chez Evan. Il ne me suit *jamais* chez Evan. Il faut que je parte. Je ne peux pas rester plantée là, avec mon copain qui me regarde comme si j'étais folle.

Je marmonne « il faut que j'aille au travail » avant de me précipiter vers la sécurité de ma voiture pour avaler sans eau l'habituel cachet blanc.

*C'est juste une hallucination. Comme quand tu vois Dahlia. L'Homme sans visage ne t'a pas suivie ici. Tu es juste un peu chamboulée par ton rêve.*

Je compte jusqu'à dix puis ouvre les yeux, regrettant instantanément, parce que les mots que je viens de me dire font de moi une menteuse. Les larmes menacent de couler, mais je ne les laisse pas s'échapper, car je vois Nate dans la cuisine qui m'observe et dont le regard plein de pitié me chauffe les joues, et parce qu'un parchemin brun posé sur le siège passager retient mon attention :

*Quand l'Ange de la mort viendra frapper à ta porte, il n'attendra pas que tu ouvres.*

***

Il est midi lorsque je peux prendre ma pause. La ruée de clients est toujours pire le samedi et le dimanche, mais au moins la tirelire à pourboires a l'air moins minable.

Comme chaque fois, je me retrouve devant mon casier en me demandant ce que je pourrais y trouver. L'Homme sans visage m'a déjà laissé une lettre aujourd'hui, peut-être ne va-t-il pas m'en déposer une autre après ce qu'il a dit la veille quand j'ai vu Evan ? Je sais que cette pensée est illusoire, car il n'y a aucun moyen de savoir quand il va me contacter, d'autant plus maintenant qu'il semble avoir un téléphone.

Comme je m'y attendais, je me retrouve face à un unique lys lorsque j'ouvre la porte du casier. Evan m'a ordonné d'arrêter d'en acheter, car il ne peut plus les voir en peinture. Je n'aime même pas particulièrement les fleurs, encore moins les lys. Il devrait savoir que ce n'est pas moi qui les achète.

J'ai bien remarqué la ressemblance avec mon nom, c'est un cadeau qui m'amusait, au début.

Maintenant, j'ai l'impression qu'il y a quelque chose que je ne comprends pas.

À côté du lys se trouve un nouveau parchemin brun roulé. Cette fois, avant de dérouler le message, je l'approche de mon visage et inspire profondément. Il a l'odeur d'une forêt au petit matin, lorsqu'il reste encore des gouttes de rosée sur les feuilles et que la brume tourbillonne autour des jambes des promeneurs. Mais il sent aussi comme la brise au bord de l'océan, le soir, qui libère mais écœure à la fois de ce qui est caché dans l'obscurité.

Je déroule le papier et de nouvelles larmes perlent, mais ne tombent pas, lorsque je lis le message :

*Tu vas éclore, ma triste fleur. Tu as déjà la Terre, je t'apporterai le Soleil.*

Je presse le papier sur ma poitrine, appuie la tête contre le casier en aluminium et serre dans mon poing le collier qu'il m'a donné. L'Homme sans visage est le seul qui me voit. C'est comme si, sans que j'aie besoin de prononcer le moindre mot, il savait tout ce qu'il y a à savoir sur moi. Parfois, je me dis qu'il me connaît peut-être mieux que moi-même, mais ensuite, je me rappelle que je suis peut-être aussi folle qu'ils le prétendent.

***

Mon service se termine dans un tourbillon de tracas : des verres renversés, d'autres cassés, des clients fâchés, des menaces de poursuites judiciaires et, pour couronner le tout, quelqu'un a volé tout l'argent de la tirelire à pourboires. Ce qui veut dire que mon repas gastronomique du soir sera constitué d'antipsychotiques fabriqués par Johnson & Johnson. Mais déjà, mon ventre réclame quelque chose de plus nourrissant, pas juste un paquet de chips taille enfant qu'un de mes collègues m'a donné et un sandwich au poulet, sans doute déposé par l'Homme sans visage dans mon casier, que je ne vais pas réussir à digérer.

Je dois presque m'arrêter pour récupérer pendant que je monte les escaliers qui mènent à mon appartement. L'épuisement pèse sur mes épaules et j'ai mal au bas du dos à force d'avoir été debout toute la journée. Un bain serait bienvenu, mais on ne peut pas toujours avoir ce qu'on veut. Pas quand l'électricité est si chère et ma patience bien trop fragile pour attendre que la baignoire se remplisse.

Lorsque j'arrive enfin à mon étage, je dois trouver le bon angle avec la clé pour déverrouiller ma porte. J'entre chez moi, ne me doutant de rien, focalisée uniquement sur l'envie de manger et dormir. Dès que le fumet de lasagnes qui flotte dans l'air atteint mon nez et me fait saliver, je marmonne : « Bon sang, je suis vraiment en train de devenir tarée. »

Il n'y a rien qui indique plus clairement la folie que sentir l'odeur de son plat favori quand on meurt de faim.

J'allume la lumière et cligne des yeux. Je cligne encore une fois, me disant que la scène que je vois devant moi va changer et que mon cerveau délirant va revenir à la normale. Mais tout reste exactement pareil.

Sur mon îlot de cuisine, il y a une unique bougie dont la flamme vacille au rythme de mon cœur qui cogne. Devant la bougie, une assiette d'un blanc immaculé et des couverts en argent qui valent sans doute plus que tous mes ustensiles de cuisine. Puis, la vision qui me laisse vraiment sans voix : un plat de lasagnes cuites à la perfection, des tranches de ciabatta avec du beurre à l'ail et du fromage fondu ainsi qu'une bouteille de vin.

Mes trois choses préférées.

Pour la première fois depuis longtemps, un vrai sourire se dessine sur mes lèvres. Sans réfléchir, je plonge la main dans mon sac pour en ressortir mon téléphone et appeler le numéro qui s'affiche tout en haut de la liste : celui d'Evan.

Je commence à clopiner vers la chambre tout en enlevant mes habits qui sentent le vieux lait et la journée de merde.

Il décroche à la troisième sonnerie. « Allô ?

— Merci, dis-je, le souffle court. J'adore ! »

Je ne sais pas comment il a réussi à préparer cela avec un budget aussi serré, mais c'est la chose la plus mignonne qu'il ait faite pour moi depuis l'accident. Il s'est certainement senti mal de m'avoir brutalisée la veille et de s'être comporté comme un connard ce matin.

« Euh, okay ? »

J'attache ma robe de chambre en soie synthétique bien serrée autour de ma taille – elle semble étrangement plus douce que d'habitude – et enfile une culotte. L'espace d'un instant béni, je me sens comme l'ancienne Lili, qui se baladait dans l'appartement en robe de chambre avec un verre de vin à la main et de la musique en fond sonore. Mais cette sensation s'éteint lorsque j'entends le gloussement d'une voix de femme à l'autre bout du fil, suivi d'Evan qui murmure sèchement : « Ferme-la ! »

Le pire, c'est qu'on ne dirait pas le rire de l'un de ses colocataires.

La logique détruit la joie que je ressentais et fait disparaître le sourire qui ornait mes lèvres quelques secondes auparavant. La réalité est la pire des douleurs. Ne se joindrait-il pas à moi s'il avait pris la peine de préparer tout cela ? Ne m'attendrait-il pas ici pour voir ma réaction ? Et d'ailleurs comment a-t-il pu entrer sans clé ? Où s'est-il procuré les belles assiettes et l'argenterie ? Depuis quand cuisine-t-il, tout simplement ?

Le parquet qui craque sous mes pieds fait plus de bruit que jamais, mais je n'entends plus les mots qui sortent de la bouche d'Evan, comme quoi il est très occupé et qu'il ne pourra pas me voir. Puis je m'arrête devant le plan de travail et regarde mieux la scène, découvrant le parchemin brun posé sur la table, juste derrière l'assiette. Les mains hésitantes, je déroule la lettre :

*Un festin à la hauteur de ma créature de la nuit. Bon appétit, mon amour !*

J'appuie sur la grosse icône rouge sur l'écran de mon téléphone, terminant l'appel même si des mots continuent de sortir de la bouche d'Evan.

C'est l'Homme sans visage qui a fait tout cela. Comment connaît-il mon plat préféré alors que je n'ai pas mangé de lasagnes depuis avant l'accident ?

Je pourrais appeler la police et dire aux agents que quelqu'un a mis en place toutes ces choses et que j'avais raison depuis le début. Mais ils ne me croiraient pas de toute manière. Une part de moi a envie de toquer à la porte du voisin pour lui donner tout ce qu'il y a à manger, juste pour que l'Homme sans visage ne puisse pas penser que je suis à ses pieds.

Mais ce serait gâcher ce somptueux dîner, et je suis à ses pieds. Je suis bel et bien accro à lui. Ce qui est terrifiant et excitant à la fois.

*C'est juste un repas*, me dis-je en essayant d'être rationnelle. *Ce n'est pas comme si tu avais quoi que ce soit d'autre à manger. En plus, il y a assez pour congeler des restes et en avoir pour les prochains jours. Mais s'il se met à faire cela tous les soirs ?*

Mon estomac décide pour moi et je me retrouve attirée vers le tabouret avant de remplir mon assiette.

En soi, cela ne me dérangerait pas de trouver un tel accueil tous les soirs en rentrant : un dîner aux chandelles composé de nourriture qui sent divinement bon.

J'hésite en attrapant la bouteille de vin. Je n'ai presque rien mangé aujourd'hui et je suis à peu près sûre que les notices de mes médicaments déconseillent fortement toute consommation d'alcool. J'ai appliqué cette règle depuis que j'ai commencé à les prendre, mais clairement, les médicaments ne font pas effet…

Quel est le pire qui puisse arriver si je bois ? Je me mets à halluciner, je deviens folle ? Difficile de faire pire que ce que je vois déjà.

Lorsqu'un Homme sans visage vous amène le meilleur repas de votre vie et une bouteille de vin dont le logo est apposé en relief dans le verre, ne serait-ce pas impoli de ne pas goûter tout ce qu'il a à offrir ?

Le liquide rouge coule en clapotant dans le verre à vin flambant neuf et l'arôme qu'il dégage éveille des souvenirs de l'ancienne Lili. Je n'ai jamais été une grande connaisseuse, mais je sais que ce vin-là est un *bon* vin. Je vide le verre avant de pouvoir me raviser et m'en verse un autre, avalant de grandes gorgées entre chaque bouchée de nourriture.

À chaque seconde qui passe, mon corps devient plus léger et mes pensées se désengourdissent. Je me sens bien mieux et j'attrape mon téléphone pour mettre un peu de musique.

La mélodie remplit le vide du silence, mais le volume du manque de compagnie est assourdissant. Il me faut plus que juste des lettres ou des messages aléatoires. J'ai un immense besoin de conversations et de contacts physiques. Je ne me souviens même pas de la dernière fois où Evan et moi avons été intimes. C'était sans doute il y a au moins quatre mois et ce n'était rien de spécial.

Après avoir mangé plus que depuis des semaines et que le vin a fait un meilleur travail que n'importe quel médicament, je prends mon téléphone et clique sur le fil de discussion avec le « numéro inconnu ».

Mes doigts commencent à pianoter sur le clavier, mais mon cerveau ivre trouve une meilleure idée. De manière effrontée et complètement idiote, je me précipite dans ma chambre, arrache une page de mon carnet de notes et griffonne :

*Viens me rejoindre, la prochaine fois.*

Au lieu de rouler le message, je le plie en ce qui est clairement l'un des pires avions en papier que j'aie faits et je le place à l'endroit précis où il a laissé sa lettre.

Je dépose les jolis couverts tout neufs dans l'évier de la cuisine et fais couler de l'eau dessus, je ne me sens pas en état de faire la vaisselle.

Je vérifie que l'avion en papier est exactement à l'endroit où l'Homme sans visage a laissé son parchemin roulé et m'enferme dans la salle de bains. Le sol tourne sous mes pieds et je ne sais pas trop comment je me sens de lui avoir laissé un message. En gros, je l'invite à continuer de me hanter. C'était une idée stupide, ridicule. Vraiment.

Je n'attends pas que l'eau soit chaude avant de me mettre sous le pommeau de douche. Je veux que l'eau élimine mes pensées et toutes les cicatrices que l'accident a laissées sur mon corps.

Il n'a clairement pas l'intention de me parler pour de vrai. Étant donné qu'il ne m'a jamais adressé la parole en une année, ce serait insensé qu'il s'y mette maintenant. Mais il devient tellement plus cavalier, ces temps-ci, à tester les limites qu'il avait mises en place.

L'effroi me saisit le cœur. Et s'il voit mon message mais n'y répond pas ? Et s'il voit mon message et qu'il vient *réellement* me rejoindre ? Je ne sais pas ce qui serait le pire : rencontrer mon harceleur, qu'il me rejette ou que notre relation soit uniquement épistolaire ?

Je ne sais pas combien de temps je reste sous la douche, à osciller d'un pied sur l'autre, pendant que mes pensées tournent en boucle. Finalement, l'eau redevient froide et je me rue hors de la baignoire avant d'être glacée jusqu'aux os.

La serviette usée tient à peine lorsque je l'enroule autour de mon corps. Je la coince au niveau de mes seins et je dois agripper le tissu, juste au cas où, pour ne pas risquer qu'on me voie nue depuis les appartements de l'autre côté de la rue.

Un tourbillon d'émotions obstrue ma gorge lorsque je découvre que mon avion en papier a été remplacé par un nouveau parchemin brun. Je me prépare à être rejetée, à lire que c'est la pire idée qu'il ait entendue. Au lieu de quoi, la chaleur me brûle la peau et l'air autour de moi m'étouffe.

*Je ne dégusterai rien d'autre que toi.*

Quand je repense au rêve de l'autre nuit, ce ne sont pas ses doigts que j'imagine dans ma bouche, mais sa bite. Je la goûterais et graverais cette expérience dans ma mémoire. Lorsque je lèverai les yeux, je ne verrai rien d'autre que les ténèbres sous sa capuche, la tempête devenant plus furieuse à chaque grondement dans son torse. Il me pilonnera, il me déchirera de l'intérieur et chaque seconde sera une extase. Un éclair illuminera le ciel au moment où il se lâchera dans ma bouche.

Je déplace mon bassin et essaie de chasser les images et les sensations tandis que la moiteur s'accumule entre mes cuisses. J'arrache une autre page de mon cahier de notes et écris :

*Alors laisse-moi te voir.*

Je transforme le message en une grue en origami et la dépose là où se trouvait sa lettre, puis je range les restes tout en sirotant un autre verre de vin. Il y a assez à manger pour que je n'aie pas à m'inquiéter pendant quelques jours. *Merci, Homme sans visage.*

Une fois la table complètement dégagée et la bougie soufflée, je me dirige en somnolant dans ma chambre, enfile ma nuisette puis me glisse sous les draps.

Juste avant que le sommeil ne m'emporte, je prends conscience de trois choses : je n'ai pas pris mon médicament, je porte encore son collier et ma grue en papier n'était pas sur la table lorsque je suis allée me coucher.

# 4
# Lilith

Les ténèbres tournoient au-dessus de moi, une mare d'encre et de charbon. Je jure voir des visages dans les ombres, qui montent dans l'au-delà.

J'ai entendu dire que les trous noirs sont des étoiles qui se sont effondrées sur elles-mêmes et que lorsque cela se produit, des ondes de choc traversent l'espace, qui ne sera plus jamais complet. À partir de ce moment-là, une étoile qui a un jour brillé devient un gaspillage d'espace, morte-vivante, attirant la gravité, de sorte que même la lumière ne peut s'échapper.

Mes doigts remuent, ils veulent toucher ces ténèbres, être avalés dans ces entrailles noir obsidienne pour que, peut-être, lorsque je fermerai les yeux, je ne les rouvre enfin jamais.

De la lumière scintille aux abords de l'obscurité, comme une eau trouble qui s'accroche au sable. La lueur orange de centaines de bougies vacille et danse dans les arbres, projetant les ombres squelettiques des feuilles. L'odeur me semble liée à l'Homme sans visage, l'aspect sinistre qui ne se révèle que de nuit. J'ai l'impression d'avoir déjà vu cet endroit, malgré son côté menaçant.

Mon cœur rate un battement lorsque je *ressens* réellement ce qui m'entoure. Au lieu du sol humide d'une forêt, je me retrouve étendue sur un lit recouvert d'un velours d'une douceur incroyable. La fraîcheur de l'air ne me mord pas la peau. Des insectes bourdonnent tout autour et, d'un seul coup, l'orchestre s'arrête.

« Tu es belle dans ton lit. Mais tu es encore bien plus magnifique dans le mien. »

Je lâche un petit cri et me redresse précipitamment pour le découvrir appuyé contre un arbre. J'ai le souffle coupé en le voyant. Son visage est toujours masqué par sa capuche, mais sa cape sans manches est ouverte, révélant une galerie de tatouages qui bougent sur sa peau et un pantalon dangereusement bas sur ses hanches. Tout en lui respire la mort et le péché à l'état pur. Chaque ombre projetée sur chaque muscle de son ventre est un clou de plus planté dans mon cercueil et m'enfonce davantage dans le lit.

Je scrute chaque tatouage qui tourbillonne sur son torse et le long de ses bras. À la lueur vacillante des bougies, des ombres dansent sur ses avant-bras et ses mains, donnant à ses veines saillantes un côté intimidant et alléchant. Je me demande de quoi auraient l'air ses mains si elles enserraient mon cou. Aurais-je l'air ridicule face à ses tatouages, tandis qu'il me ferait frôler la mort, serrant toujours plus fort pendant que la lumière danserait derrière mes yeux ?

J'aspire ma lèvre inférieure en suivant des yeux la ligne qui descend de son ventre, puis le V profond qui mène vers une zone que je n'ai vue que dans mon imagination. Bien que, je suppose, un rêve fasse aussi partie de mon imagination. Mais je suis sûre de voir la bosse dans son pantalon bouger au moment où je fixe mon regard dessus.

Je baisse les yeux sur mon propre corps et suis immédiatement gênée. Je ne porte rien d'autre que son collier et une fine nuisette en lin blanc qui se fend juste au-dessous des parties qui devraient rester cachées, avec un col qui plonge profondément jusqu'à mon nombril et dévoile un petit bout de ma cicatrice. Je me précipite pour la remettre droit, ce qui ne dissimule en rien mes mamelons, visibles à travers le tissu.

Je suis encore plus gênée du fait que je ne peux pas savoir où il pose son regard, peut-être qu'il n'apprécie pas ce qu'il voit ou peut-être qu'il s'apprête à me porter le coup de grâce.

« Pourquoi es-tu là ? C'est quoi cet endroit ? Où suis-je ? » Je le crible de questions, espérant qu'il réponde.

Je prends le temps de bien regarder autour de moi. Le lit sur lequel je suis se trouve au milieu d'une clairière, il est entouré d'une centaine de bougies de tailles variables, posées de sorte à former le symbole de l'Homme sans visage. Sauf que cette fois, je suis au milieu du symbole.

C'est comme si j'étais offerte à une force supérieure, un agneau sacrificiel sur le point d'être abattu. Est-ce que je refuserais ou le laisserais faire ce qu'il veut de moi ?

Ce que je fais n'est pas vraiment important, parce que *c'est juste un rêve*. Je me réveillerai demain en me sentant encore plus coupable et pas moins seule. Je n'aurai de nouveau du contact et des liens qu'au travers de lettres à sens unique. Enfin, en supposant qu'il réponde à mes questions.

Je fais courir mes doigts sur les draps doux de velours rouge et les coussins assortis. J'attrape la couette et essaie de la tirer pour me couvrir afin qu'il ne voie ni à quel point je serre les jambes, ni la réaction flagrante de mes mamelons à sa vue dans cette tenue, ni une quelconque trace de mes cicatrices.

Juste au-delà de la ligne de bougies, l'Homme sans visage dit : « Lorsque ma sombre tempête me convoque avec la promesse de me laisser la goûter, j'accours. »

L'espace entre mes cuisses devient moite, ce qui s'empire davantage lorsqu'il se repousse de l'arbre contre lequel il est appuyé et s'avance vers moi. Un prédateur qui a enfin coincé sa proie. Un démon qui a enfin trouvé une âme.

Lorsqu'il passe par-dessus les bougies, les flammes scintillent encore plus fort. Ma peau est envahie par la chair de poule, mais ce n'est pas à cause du froid.

Je ne vois pas son visage, mais il se dirige vers moi comme s'il allait me dévorer, comme s'il allait lécher et mordre le moindre centimètre de mon corps sans laisser aucune miette.

Je murmure « je ne t'ai pas convoqué », me reculant bêtement aussi loin de lui que possible.

Il s'arrête et penche la tête. « Ah non ? »

Je cligne des yeux, momentanément subjuguée par la vue de son corps, tout proche. Je secoue la tête. « Je n'ai pas du tout fait ça. » Je dois me forcer à détacher les yeux de ses muscles durs pour les poser sur la forêt alentour, qui a presque une teinte mystique. « C'est un rêve ?

— Non. »

*Il ment. C'est forcément un rêve.*

Il se remet à avancer, d'un pas plus lent, comme s'il voulait faire durer sa chasse jusqu'au moment où il atteindrait le bout du lit. Je tire mes genoux contre ma poitrine et croise mes chevilles pour me cacher de lui.

Le matelas s'enfonce lorsque l'Homme sans visage se penche en avant et place son poids dans ses mains, posées à plat de chaque côté du lit. Chaque centimètre de son corps est hypnotisant, pas juste à cause de la fumée qui danse sur sa peau, mais parce qu'il est bâti comme un dieu grec.

« Je t'ai dit que j'allais te déguster. » Je crie lorsqu'il tend brusquement la main pour attraper ma cheville et me tirer au bord du lit, de sorte que je me retrouve à sa merci. « Et je ne suis pas un menteur, Lilith. »

Je me tortille sous lui au moment où l'air froid caresse mon entrejambe et j'essaie de déplacer mon bassin pour pouvoir tirer la robe de chambre vers le bas, mais il saisit mes poignets et les place au-dessus de ma tête pour les maintenir d'une seule main. La combinaison de ces deux gestes fait jaillir un gémissement de ma gorge. Je jure que, pour ainsi dire, les ténèbres sous sa capuche s'obscurcissent encore plus.

« C'est juste un rêve », me dis-je à moi-même, plutôt qu'à lui.

« Dis-moi, mon amour. » Il laisse remonter sa main libre de ma cheville à ma cuisse, puis sur ma hanche, lentement, si lentement, et m'empêche de bouger lorsque j'essaie de me détourner de lui. Puis il déplace sa main entre mes cuisses. Je défaille en sentant un frôlement des plus légers contre mes lèvres, ce qui me donne l'impression que tout est vraiment réel.

« Tu rêves souvent de moi entre tes jambes ? »

Comme si son âme sortait de son corps, une ombre noire se forme derrière lui, elle grandit et se déploie telle une vraie créature de la nuit. L'ombre fait au moins deux mètres cinquante. Elle réplique le moindre geste de l'Homme sans visage, comme si elle était une extension de lui. Je vois à peine sa silhouette, je parviens juste à distinguer son torse puissant et la taille de ses bras, plus larges que ma tête. Malgré tout, la forme est identique à l'Homme sans visage.

J'essaie de m'éloigner tandis que le spectre prend son indépendance et tend la main pour enrouler ses doigts frais autour de ma gorge. La pression ne me fait pas mal, mais elle génère une pulsation profonde entre mes cuisses pendant que l'ombre – pendant que l'Homme sans visage – me coupe la respiration.

Je réussis à souffler : « Tu es un monstre ? »

L'Homme sans visage effleure mon sexe chaud et luisant, un grognement sourd montant de sa gorge. Puis il passe sa main sous ma nuisette, sur la peau douce de mon ventre, avant d'attraper pleinement l'un de mes seins. « Lui et moi ne sommes qu'un. Tu penses que je suis un monstre, Lilith ? »

J'ai le souffle trop court pour répondre, pas par manque d'air, mais à cause de la façon dont il assaille mon mamelon. Il le tord et le pince sans pitié comme pour me punir d'avoir posé une telle question.

L'ombre abaisse l'une de ses mains et ouvre ma nuisette d'un seul coup, me laissant nue à leurs yeux, ceux de l'Homme sans visage et les siens. Je laisse échapper un cri guttural lorsqu'une main de l'ombre me donne une tape sur le sein, laissant derrière elle une brûlure perverse. Aucune chance que l'Homme sans visage passe à côté de mes cicatrices ou de la façon dont elles me font me sentir gênée. Mais sa manière de m'empoigner me dit qu'il ne pourrait pas y être plus indifférent. Il l'a dit, il pense que je suis belle.

« Réponds-moi. Fais-moi entendre ta voix. »

Je gémis et soulève mes hanches pour essayer de gagner un peu de frottement. Je me sens si pathétique, à faire un rêve érotique avec un homme que je n'ai jamais vraiment rencontré. Je laisse échapper un râle, sans reconnaître cette personne désespérée que je suis devenue, à vouloir sa peau contre la mienne, à vouloir être emplie de tout ce qu'il veut me faire ressentir.

Personne ne m'a touchée depuis tellement longtemps. Mais depuis cette première lettre, j'ai toujours eu la sensation d'être désirée. L'Homme sans visage s'est assuré que cette sensation ne faiblisse pas. Malgré tout, j'ai des doutes. J'ai besoin de son toucher, aussi.

« Non », réponds-je d'une voix étranglée. *Je pense que tu es un ange*, ai-je envie de dire. *Qui me sauve de la mort. Qui me sauve de moi-même.*

« Ne bouge pas tes mains de là où elles sont ou tu apprendras à quel point je peux être monstrueux. C'est compris ? » La pression sur ma gorge augmente et les mains de l'Homme sans visage se déplacent vers mon autre mamelon, lui infligeant le même traitement qu'au premier. « Acquiesce si tu as compris. »

J'acquiesce.

Il se penche en avant, m'aveuglant par les ténèbres sous sa capuche. Mon dos se creuse involontairement lorsque son torse caresse mes mamelons. Il tire brusquement ma lèvre inférieure entre ses dents et ma respiration balbutie. Il lèche la zone blessée puis recule, relâchant ma gorge.

« Gentille fille. »

*C'est juste un rêve réaliste. C'est juste un rêve réaliste. C'est juste un rêve réaliste.*

Les mains de l'ombre trouvent mes seins et leur donnent plus d'attention qu'ils n'en ont reçue dans leur vie.

Je demande d'une voix haletante : « Qu'est-ce que tu fais ? » tandis qu'il descend jusqu'à ce que ses yeux soient à la même hauteur que mon sexe brûlant.

« Je t'ai amené un repas. Ce n'est que juste que tu m'en offres un en retour. » Il passe un doigt sur mon clitoris puis l'enfonce en moi et lâche dans un sifflement : « Si belle. » La combinaison des stimulations que me procurent les mains de l'ombre et la main de l'Homme sans visage m'arrache un cri. « Je peux sentir l'odeur de ton désir pour moi, Lilith. J'ai pris une décision, tu veux la connaître ? »

Je dois résister de toutes mes forces pour ne pas lui demander d'ajouter un autre doigt et me laisser sombrer dans l'extase. Son seul doigt en moi continue de faire des va-et-vient, se courbant légèrement de sorte à stimuler la zone qui me fera voir les étoiles. Mais ses gestes paresseux me font comprendre qu'il n'essaie même pas.

Il joue avec la nourriture.

Mon désir est si délirant que j'oublie qu'il m'a posé une question jusqu'à ce qu'une main d'ombre me donne une tape sur le sein. « Tes mots, mon amour. »

Mon cerveau est trop en effervescence pour se souvenir de la question. « Oui.

— Je ne vais pas simplement te goûter. Je vais t'écouter crier. »

Mes joues s'enflamment. « Quoi... »

Je ravale mes mots lorsqu'un deuxième doigt s'insère en moi, et tout ce qui m'entoure cesse d'exister. Il n'y a plus que l'Homme sans visage et les tourbillons qui bougent sur son torse. Je n'ai pas l'occasion de reprendre mon calme avant qu'il ne baisse la tête et se mette à lécher mon clitoris comme un homme affamé à qui l'on vient de donner à manger.

« Putain », lâche-t-il dans un grognement, et c'est presque comme s'il riait tout seul, incrédule, alors qu'un gémissement de désir s'échappe de mes lèvres quand il me prend entre ses dents. « Je vais te dévorer. »

J'essaie de serrer les jambes, mais mon geste est suivi d'un assaut brutal sur mes hanches avant que l'Homme sans visage n'agrippe mon cul comme une bouée de sauvetage, atténuant la douleur. L'une des mains – je suis trop noyée dans l'extase pour réussir à déterminer si elle est corps ou ombre – force mes jambes à s'ouvrir, les écarte aussi loin que possible pour permettre à l'Homme sans visage de prendre encore plus de moi.

Ses doigts se courbent et je fais exactement ce qu'il a dit : je crie. Je n'entends même pas ses grognements approbateurs tandis qu'il continue à répéter ce mouvement tout en titillant de plus en plus vite mon clitoris avec sa langue, comme si j'allais partir en courant d'une seconde à l'autre.

J'ai envie de désobéir à son ordre et de descendre mes bras pour pouvoir lui enlever sa capuche ou plonger les mains dessous et sentir précisément ce qu'il m'a caché.

« Attends, stop ! » Ma voix est rauque, les mots sortent dans un râle profond.

Il se fige. Mon harceleur et son ombre cessent de toucher mon corps et je suis à deux doigts de leur demander d'oublier ce que je viens de dire et de continuer. Mais je ne veux pas devoir l'appeler l'« Homme sans visage », alors qu'il me dévore comme si j'étais son tout dernier repas.

Je lâche dans un souffle : « Comment t'appelles-tu ? Tu es quoi ? », ma gorge commence à picoter à force de crier.

*Bon sang, Lili, c'est un rêve ! Comment pourrait-il te dire son nom ?*

« Je veux que tu découvres par toi-même ce que je suis. » Il embrasse l'intérieur de ma cuisse. « Mais le seul mot que je veux que tu cries, c'est mon nom : Letum. »

Je me mords la langue parce que gémir son prénom ne sera pas une partie de rigolade. C'est quoi ce nom ? C'est romain ? Et qu'est-ce qu'il signifie ? Comment mon cerveau a-t-il produit un nom aux consonances si anciennes ?

« Okay, *Letum.* »

Il grogne et replonge pour continuer de me baiser avec ses doigts tout en me léchant comme s'il allait peut-être trouver la religion quelque part en moi. L'une des mains de l'ombre empoigne mes cheveux et me soulève sur les coudes pour que je puisse voir les mouvements impitoyables de Letum, dont la capuche se redresse, comme s'il me regardait lui aussi, et attendait que je sois emportée par le plaisir.

Je lève les yeux vers l'ombre et distingue tout juste le contour de deux yeux qui me fixent, comme s'ils gravaient en mémoire cette vision. L'ombre est-elle simplement l'âme de Letum ? Quelle est exactement sa nature ? Je ne sais pas.

Letum agrippe ma cuisse de sa main libre, suffisamment fort pour laisser sur ma peau une marque qui se sera transformée en bleu au matin, et l'une des mains de l'ombre s'approche de mon visage avant de suivre des doigts mes lèvres, comme pour essayer de capturer mes gémissements dans ce toucher afin de pouvoir en faire le sujet d'une future lettre. Le geste est si intime que j'en ai le cœur qui se serre.

« Chante pour moi, mon amour », murmure Letum contre ma peau en courbant ses doigts pour toucher cette zone de moi-même dont j'avais oublié l'existence.

Je crie son nom comme si c'était une malédiction et soulève mes hanches. Une extase débordante ravage tout mon être. Letum continue son festin, à sucer et à lécher jusqu'à ce que je n'aie plus rien à lui donner et que mon corps et mon esprit se relâchent complètement sous l'effet du plaisir dont j'avais été privée.

« Oh, mon amour », marmonne-t-il contre l'intérieur de ma cuisse, effleurant de ses lèvres ma peau douce avant de la mordiller, ce qui laisse de petites marques. « Oh, mon petit monstre nocturne. Tu es parfaite. Rien n'est comparable à ton goût. »

La chaleur me monte aux joues à ce compliment. Je n'ai jamais été aussi satisfaite. Pour la première fois depuis l'accident, la tension dans mon corps diminue et mes muscles se détendent, comme si je pouvais enfin respirer sans ressentir le poids de tout ce qui est parti de travers.

Je regarde avec curiosité l'ombre qui se déplace derrière moi avant de me redresser et de plonger ses doigts frais dans mes épaules, massant les nœuds qui s'y trouvent.

Letum se remet debout et place ses mains sur le lit, une de chaque côté de moi, m'enfermant entre lui et l'ombre. Ses hanches sont entre mes jambes et je pourrais très facilement me laisser aller au fantasme de ressentir l'une des nombreuses choses qui m'ont été cachées. Je baisse les yeux sur la bosse dans son pantalon qui tend le tissu comme pour supplier qu'on la libère. Je n'ai pas besoin d'ouvrir la cage pour savoir que son gabarit va piquer.

« Utilise tes mots », dit-il, en remarquant mon regard. Je tends les mains vers la taille de son pantalon, mais il attrape mes poignets d'une main de fer. « Tes mots. » Il saisit mon menton et le redresse vers les ténèbres sous la capuche. « Ta voix est un aphrodisiaque, ma Lilith. Tu devrais t'en servir plus souvent. »

J'avale la boule que j'ai dans la gorge et mouille ma lèvre inférieure. Le massage de l'ombre s'arrête quelques instants, comme si j'avais fait quelque chose de mal. Puis le spectre se rapproche et se presse contre mon dos comme s'il était complètement solide.

Je baisse les yeux sur le torse de Letum, puis sur la bosse dans son pantalon, avant de remonter lentement vers son visage dissimulé, en prenant le temps de me délecter de chaque parcelle de son corps. La pulsation entre mes cuisses reparaît avec une vigueur nouvelle. « Je peux ? »

Un rire grave résonne dans la forêt et Letum assouvit un autre de mes fantasmes : il fait de ses mains un collier en enveloppant ma gorge de ses doigts, sauf qu'il ne serre pas. Les veines de ses bras bougent et palpitent à la lueur des bougies. Je me laisse céder à la tentation et effleure les muscles puissants de ses avant-bras, ce qui le fait resserrer sa prise autour de mon cou.

L'ombre déplace ses grandes mains pour pétrir mes seins et génère ainsi encore plus de chaleur dans mon bas-ventre. Une seule main de l'ombre couvre pratiquement toute ma poitrine, je me sens petite et – j'ose le dire – délicate.

« Lilith. Mon doux monstre nocturne. Je t'ai dit que j'allais te goûter. Je t'ai dit que tu allais crier mon nom. » Je jure pouvoir entendre son sourire dans ses mots. « Je n'ai pas dit que j'allais te baiser. »

L'embarras me refroidit d'un coup. Je suis un nuage noir depuis l'accident et je n'ai à peu près rien fait pour être attirante ou me sentir sexy. Même l'Homme sans visage, dans mon propre rêve, ne veut pas de moi. Je ne suis pas désirable aux yeux d'Evan, donc pourquoi Letum – si c'est bien son vrai nom – me trouverait-il séduisante, avec toutes mes cicatrices ?

Il appuie ses lèvres douces contre les miennes et je suis embaumée d'une odeur de rosée matinale et de brise d'été qui dissipe mes doutes. Son souffle chaud effleure mon oreille et il murmure : « J'ai attendu impatiemment de pouvoir connaître ton goût et maintenant que je l'ai découvert, je n'en connaîtrai jamais d'autre. Quand je te baiserai, il n'y aura aucune bougie. Ce ne sera pas dans un rêve. Quand je te revendiquerai, ce sera selon mes propres termes. Mais ce ne sera pas ce soir. »

Je gémis après avoir été ainsi laissée en plan. Il ne peut pas sérieusement me planter là, moite et retournée de désir, et me refuser le plaisir simple d'un deuxième orgasme, d'autant plus que mes mamelons à vif sont encore prêts à recevoir toute l'attention de l'ombre.

Letum tapote son symbole qui pend autour de mon cou. « Tu as été faite pour me porter. »

Je murmure « s'il te plaît », remuant mes hanches contre le lit pour atteindre à nouveau la libération.

« S'il te plaît ? »

Il me nargue, je le sais. Il veut que je sois complètement à lui, pour que je lui donne tout de moi alors qu'il ne me donne rien en retour. *Mais ce n'est qu'un rêve.* Il n'est pas réel. Je ne dois pas l'oublier.

Je le supplie : « S'il te plaît, Letum. »

Il lâche un grognement approbateur tandis que l'attention de l'ombre sur mes seins devient de plus en plus brute et affamée. Je suis trop distraite par le spectre pour remarquer que Letum a déplacé sa main avant qu'il n'appuie fortement son pouce directement sur mon clitoris, ce qui allume un incendie électrique dans mon bas-ventre.

« Continue. »

Il veut que je le dise, que j'exprime mes désirs. C'est l'inverse de ce qu'il s'est toujours passé entre lui et moi. Je ne parle de mes problèmes à personne d'autre qu'à ma psy. Et même à elle, je ne lui expose pas mes difficultés à avoir à manger dans mes placards et à payer les factures. L'Homme sans visage a su exactement de quoi j'avais besoin sans que je doive le dire. Que ce soit entendre que je suis belle ou simplement savoir que quelqu'un reconnaît ma douleur.

Je le supplie encore « s'il te plaît, Letum, je veux jouir une nouvelle fois », ma voix est chétive et docile.

L'espace d'un instant, il ne fait rien, puis enfin, il se penche et m'embrasse. Ce n'est pas un baiser affamé ou demandeur, il n'est pas empli de désir ou d'ardeur. C'est un baiser de compréhension silencieuse et de connexion mutuelle, mais qui semble aussi vouloir dire qu'il est fier de moi.

Puis il recule. Avant d'avoir pu cligner des yeux, je suis retournée à quatre pattes. Comme avant, l'ombre reste derrière moi. Mais cette fois, un doigt massif glisse contre mon sexe moite et brûlant puis me pénètre.

Je jette la tête en arrière et gémis, mes yeux roulent automatiquement vers l'arrière. L'Homme sans visage profite de l'occasion pour saisir mes cheveux et me forcer à lever le regard vers lui.

L'ombre a les doigts deux fois plus gros que Letum. Je fais rouler mes hanches et tire mon plaisir du spectre tandis que son doigt cogne en moi. Que dit de moi le fait que me faire doigter par une ombre sans traits réels autres qu'une silhouette est le truc le plus sexy que je puisse imaginer ? Je veux que ce soit la bite de Letum que je chevauche, mais, mon Dieu, le fait que ce spectre soit presque invisible m'excite bien plus que de raison.

Je gémis et pleurniche, vacillant au bord de la libération, lorsque les mouvements de l'ombre ralentissent, sans toutefois que sa prise sur mes hanches se relâche. « Détends-toi, mon amour. Je n'en ai pas encore fini avec toi. »

Je fronce les sourcils avant de crier au moment où un deuxième doigt s'insère dans ma chatte, l'étirant jusqu'à l'agonie. Des larmes, tant de douleur que de plaisir, me piquent les yeux. Ces deux doigts sont plus gros que tout ce que j'ai eu jusqu'à présent.

« Prends tout. » Le spectre enfonce lentement ses doigts jusqu'à ce que ses phalanges soient en moi. Je gémis en essayant de m'adapter à leur taille et à la profondeur à laquelle ils sont. Il ne se remet pas à bouger avant que je cambre mon dos pour le prendre encore plus profondément. « C'est ça. Prends tout. »

Une douleur cinglante me fait souffler, mais je suis trop absorbée par chaque va-et-vient pour faire plus que juste crier et gémir. Si ce n'est qu'un rêve, comment peut-il me paraître si réel ?

Du mouvement juste en dessous de ma ligne de mire retient mon attention. J'essaie de bouger la tête, mais la main de l'Homme sans visage dans mes cheveux m'empêche d'aller bien loin.

D'une voix haletante, je demande : « Qu'est-ce que tu fais ? » et je me mords la lèvre, le souffle court, en essayant de retenir un autre cri.

Quelque part sous les ténèbres de sa capuche, je jure voir un sourire sinistre passer sur son visage apparemment inexistant. « Ce n'est que justice que tu me goûtes toi aussi. »

Mes yeux s'écarquillent avant qu'il ne pousse ma tête directement sur sa bite. Ma bouche parvient tout juste à l'envelopper et pourtant, il continue à s'introduire en moi. Il n'arrive pas bien loin avant que j'aie un haut-le-cœur, mais il ne se radoucit pas, mon bruit ne le dissuade pas, mais l'encourage.

« Prends tout. Comme je te l'ai dit. » Sa voix est ferme et ne révèle pas si je lui donne autant de plaisir qu'il m'en donne.

Des larmes coulent de mes yeux alors que je suis comblée si entièrement par deux êtres dont je n'ai jamais vu le visage. J'ai mal à la mâchoire tellement je dois ouvrir grand la bouche. J'essaie de détendre ma gorge et Letum me pénètre encore plus profondément.

« Ma douce fleur, regarde-toi. Si belle, à quatre pattes pour moi ! Dis-moi, c'est de ça que tu rêves ? »

Il tire sur mes cheveux pour s'extraire complètement de moi, et me soulève de sorte à supporter le haut de mon corps par sa prise sur ma tête. Des larmes mouillent mes joues et de la salive dégouline aux coins de mes lèvres. De son pouce, il essuie la bave et la remet dans ma bouche.

« C'est de ça que tu rêves ? »

Jamais dans mon imagination la plus folle je n'aurais inventé l'ombre. Maintenant, je ne voudrais pas qu'il en soit autrement.

La réponse serait un « oui » catégorique. Pour mes rêveries, du moins.

Sa lettre dans laquelle il demandait ce que j'éprouverais en finissant sur lui a eu un impact si viscéral sur moi que je ne l'ai toujours pas oubliée, près de six mois plus tard. Le mystère de l'inconnu était excitant en soi : ne pas savoir à quoi il ressemblait ou quand j'allais le voir. Mon cerveau a imaginé tellement de choses qui inciteraient certainement ma psy à augmenter mon dosage.

Les doigts de l'ombre se retirent de moi, me laissant vide et incomplète. Je gémis et manque de tendre les mains vers le spectre pour lui faire remettre ses doigts en place, sans quoi je finirais le travail moi-même.

« Je t'ai posé une question », dit Letum d'un ton d'avertissement.

Je le supplie une nouvelle fois : « Continue à me baiser, s'il te plaît. » Comme il ne répond pas, je poursuis : « S'il te plaît. J'en ai besoin. Baise ma bouche, remplis ma chatte. J'ai trop besoin que tu me remplisses. *S'il te plaît !* »

Le corps de Letum s'adoucit de manière visible. « Tu es si belle quand tu supplies. » Je crie au moment où mon cul reçoit une fessée si cinglante que des points blancs en apparaissent devant mes yeux. « Mais ce n'est pas la question. »

Pourquoi doit-il me faire avouer ces choses ? C'est un rêve ! C'est moi qui devrais avoir le contrôle. Mais quel est le pire qui puisse arriver si j'admets ? La seule chose qui arrivera, c'est que je serai ravagée par la culpabilité, au matin.

« Oui », dis-je finalement. Il attend que je poursuive et je grogne. « J'ai imaginé ce que ça ferait d'avoir ta bite en moi. J'ai rêvé que j'ouvrais mon casier pendant ma pause, mais qu'au lieu d'une lettre, tu apparais de nulle part. Tu me prends par la nuque et me pousses sur la table, et tu me baises jusqu'à ce que mes genoux se dérobent et que ma voix soit rauque à force de crier ton nom. »

Letum et l'ombre poussent un grognement à l'unisson. Ils me comblent simultanément et commencent à me pilonner avant que j'aie le temps de reprendre mon souffle. Je suis coincée, à m'étouffer en permanence sur la bite de l'Homme sans visage tandis que l'ombre plonge ses doigts plus loin que ce que je croyais possible.

Le plaisir bouillonne sous ma peau. J'essaie d'arrêter Letum et de le prévenir que je suis sur le point de sombrer dans le néant et que je vais l'emporter avec moi, mais ni lui ni l'ombre ne stoppent leurs va-et-vient implacables.

Au moment où je n'arrive plus à tenir, mes mains et mes genoux se dérobent sous moi. Je me tortille et tremble, essayant de profiter au maximum de l'explosion d'extase que l'inconnu et son ombre ont causée, le tout pendant qu'ils me maintiennent droite par leur assaut continu.

Le rugissement de Letum secoue les arbres et fait tambouriner mes os lorsqu'il éjacule dans ma bouche. J'essaie de ne perdre aucune de ses gouttes sucrées et avale tout, lapant chaque parcelle de son membre.

« Tu as été plus incroyable que tout ce que j'aurais pu imaginer, ma tempête du bout de la nuit. »

Il me couche lentement sur le matelas pendant que je lutte pour garder les yeux ouverts. Je suis trop épuisée pour regarder l'ombre se replier en Letum. Avant de pouvoir lui demander si le spectre est son âme, comme je le soupçonne, je ferme les yeux et les ténèbres me submergent.

***

Je grogne lorsque le bip incessant du réveil détruit la sensation de l'air de la forêt sur ma peau. Sans ouvrir les yeux, je tape sur la table de nuit jusqu'à trouver le coupable qui m'a arrachée au meilleur rêve que j'aie jamais fait.

Je ne regarde pas l'heure, j'appuie simplement au hasard sur un bouton pour éteindre l'alarme. L'alcool de la veille a vraiment dû taper fort parce que si l'on me disait que je me suis fait renverser par un camion, j'y croirais.

Je me tourne sur le dos et gémis en sentant l'endolorissement entre mes cuisses – le genre de douleur qui ne peut être généré que par du sexe absolument mémorable.

L'air du matin me donne la chair de poule, ce qui rend mes mamelons douloureux encore plus sensibles. Une par une, je soulève mes paupières.

C'est quoi ce bordel ?

Non, je n'étais pas soûle au point d'aller au lit *nue*. Ce n'est pas dans mes habitudes de dormir dans mon plus simple appareil et je ne suis clairement pas du genre à ne pas porter de sous-vêtements.

*Non*, je n'étais pas soûle au point de recouvrir le sol de ma chambre de pétales de roses.

Mes joues s'empourprent lorsque je me rends compte qu'il pourrait m'avoir vue nue dans mon lit, avoir vu mes cicatrices. Pire, il pourrait m'avoir vue dans Dieu sait quel état pendant que je faisais le rêve le plus salace de ma vie. Est-ce que j'ai gémi dans mon sommeil ? Oh, mon Dieu, est-ce qu'il me regardait ?

Mon pouce effleure les pétales, doux comme du velours, ce qui confirme qu'ils sont bien réels et que ni lui ni moi ne sommes allés en acheter de faux dans un magasin discount. Je tends la main vers ma lampe de chevet et l'allume pour inspecter de plus près l'un des pétales. Il est d'un grenat profond, mais il a quelque chose d'étrange, les nervures qui le parcourent ressemblent à des veines.

Des taches bleues sur ma peau attirent mon attention et je laisse le pétale retomber au sol. Quatre bleus maculent ma cuisse. En tournant ma jambe, j'en détecte un cinquième.

Mon cœur se précipite contre ma cage thoracique. Je bondis hors du lit comme une possédée et manque de glisser sur les pétales de roses en fonçant à la salle de bains. J'allume la lumière avant même d'être dans la pièce et m'arrête net en face du miroir.

*Oh mon Dieu. Oh mon Dieu. Oh mon Dieu.*

Je me tourne devant le miroir, puis me retourne, me penche dans un sens, dans l'autre, en essayant de me convaincre que j'imagine simplement des choses.

La zone autour de mes mamelons est rougie et à vif, mais je pourrai facilement trouver une excuse plus tard. Je pourrai même trouver une excuse pour les cinq petits bleus circulaires sur mes hanches. Mais il n'y a aucune explication à l'empreinte de main qui recouvre ma fesse tout entière et plus encore.

La taille de l'empreinte est plus grande que toutes les mains que j'ai vues dans la vraie vie. La douleur qui monte quand je touche la marque déclenche à la fois une bouffée de chaleur entre mes cuisses et de la peur dans mon cœur.

Je ne suis pas sûre que c'est la raison pour laquelle je ne suis pas censée boire d'alcool avec mes médicaments, mais je jurerais que l'empreinte de main sur mon cul est aussi grande que la main de l'ombre et je me rappelle distinctement qu'elle m'a fessée dans mon rêve.

Mais c'est bien ce que c'était : *un rêve.*

N'est-ce pas ?

C'était forcément un rêve. Je ne suis pas allée dans une forêt, où un Homme sans visage avec des tatouages qui bougent et une ombre gigantesque m'ont pratiquement malmenée alors que j'étais étendue sur un autel de velours installé dans ce qui ressemblait à un cercle de sacrifice. Je ne suis qu'à quelques kilomètres de la forêt, mais je ne me suis pas rendue là-bas nue ou avec une robe légère, et je n'ai clairement pas pris la voiture pour y aller.

Je retourne en courant dans ma chambre et me dirige droit sur mon téléphone pour vérifier le *babyphone* vidéo. Comme je m'y attendais, la moitié de l'enregistrement de la nuit a été complètement coupé. Sur une image, je suis emmitouflée dans ma robe de nuit, sous les draps et, l'image d'après, je suis totalement nue et des pétales de roses recouvrent le sol. Dans la vidéo floue, je remarque un parchemin roulé qui glisse entre mes oreillers pendant que je dors.

Le cœur dans la gorge, je jette les coussins au sol pour trouver la lettre. Je saute sur le matelas et me couche à plat ventre pour fouiller derrière le lit, tapotant à l'aveuglette le plancher jusqu'à toucher le papier parchemin familier à mes doigts.

Mon sang vibre tandis que je le repêche de l'obscurité et me déplace tout au bord du lit, à la lumière.

*Continue de rêver de moi, mon sombre amour. Je reviendrai pour te donner encore plus de plaisir.*

# 5
# Letum

Depuis la nuit des temps, je suis chargé d'une seule tâche : amener les âmes dans l'au-delà. Jour après jour, nuit après nuit, il suffit d'un toucher de ma main pour qu'une âme passe paisiblement et que son corps dorme pour l'éternité. Je n'ai rien connu d'autre que cette répétition morbide, cette existence sans passion. Depuis la nuit des temps, je regarde les humains, du côté du chemin, et attends qu'ils meurent inévitablement.

Parce que je suis inévitable.

Des poètes ont écrit des sonnets sur moi ; des musiciens ont composé des symphonies. Aussi belles qu'elles soient, ces œuvres n'ont jamais rien représenté de plus qu'un moment perdu dans le temps.

Jusqu'à *elle*.

Lilith, mon doux amour. Elle est un rêve et un cauchemar, fusionnés en un seul être.

Je n'ai jamais imaginé trouver une femme comme elle, une femme capable de regarder l'Ange de la mort et de le mettre à genoux. Voir cette femme, la sentir, la *goûter* : elle a donné vie à l'incarnation de la mort.

Même quand la peur empoisonne son sang, je pourrais la croquer et manger une chair des plus tendres. Mon petit monstre nocturne est parfait, une anomalie dans un monde de normalité, un miracle face à l'émerveillement. Elle n'a nulle part où fuir pour que je ne l'attrape pas, nulle part où se cacher pour que je ne la trouve pas.

Son âme chante à mes oreilles comme une brise d'été : fraîche et décadente. Je n'ai pas pu me rassasier d'elle depuis que l'au-delà l'a demandée. Le Ciel voulait la prendre dans ses griffes, mais je l'ai voulue pour moi.

Lilith m'a appelé dans la nuit, suppliant et implorant pour que je prenne son âme, comme j'aurais dû le faire. Le destin peut attester de l'immoralité de garder une âme dans son enveloppe mortelle bien après que son temps est passé. C'est la seule manière de la faire mienne pour l'éternité : elle doit se languir de moi comme je me languis d'elle.

Pas de la mort, mais bien de *moi*.

Je la regarde du coin de la chambre pendant qu'elle ramasse les pétales, elle se mord la lèvre, ma marque décorant sa peau. Elle remplit un sac en plastique, convaincue qu'elle jettera les fleurs bordeaux. Mais elle ne jettera rien de vivant tant que la pourriture n'aura pas fait son œuvre. Pas parce qu'elle accorde de l'importance à la vie – non, parce qu'elle m'accorde de l'importance, *à moi*.

Lilith est devenue mon activité préférée, il n'y a rien d'ennuyeux avec elle ; je me languis de la regarder, de la narguer, de sentir sa douce chair sous mes mains.

Je passe mon temps à l'observer depuis le moment où je l'ai vue étendue sur le sol, cassée et couverte de bleus, à me supplier de l'emporter. Je me suis tenu à ses côtés lorsqu'elle était entourée de machines, vaincue dans un lit d'hôpital. Elle m'appelait à chaque seconde. Ils ont tous pensé que c'étaient les machines qui l'avaient gardée en vie, mais c'est *moi* qui l'ai tenue éloignée de la mort.

Malgré les bleus qui coloraient son corps, les plaies qui balafraient sa peau et son teint de porcelaine, elle est restée la vision la plus magnifique qui m'ait été offerte depuis la nuit des temps.

Je me souviens encore de la première fois que ses yeux bleus m'ont trouvé au pied de son lit ; c'était comme si les planètes s'étaient enfin alignées parce que j'avais rencontré mon grand amour. Au moment où j'ai posé mon regard sur elle, j'ai su qu'elle était plus que le Soleil et les étoiles. J'ai su qu'elle était tout et que je ne la lâcherais plus jamais.

Même au risque de tout perdre, je tomberais amoureux d'elle. Parce que si j'étais Icare et qu'elle était le Soleil, je volerais malgré tout vers elle avec mes ailes cirées. Sa beauté vaudrait les souffrances que je subirais pour simplement l'atteindre.

Mon sombre amour ne ressent rien, elle non plus. Elle tressaille à peine lorsqu'elle se coupe le doigt. Elle ne sourit pas avec ses yeux, elle n'a pas peur de marcher seule la nuit. Mais avec moi, elle ressent des choses ; elle ressent tout. Sa peau s'empourpre clairement juste avant qu'elle ouvre son casier, et cette façon qu'elle a de se mordre inconsciemment la lèvre au moment de dérouler mes lettres. Même lorsqu'elle tangue en lisant l'un de mes messages illusoires, je sais qu'elle se languit de moi. Mon petit monstre nocturne ne réagit qu'à moi.

La voir porter *ma* marque autour de son cou me réjouit plus que je ne l'imaginais. Le symbole argenté scintille lorsqu'il attrape la lumière et fait briller les yeux de mon petit monstre nocturne.

De la cuisine, son téléphone émet une sonnerie, elle soupire et se dirige vers l'appareil. Je la suis, fasciné par le mouvement de ses hanches sous sa nuisette en soie. C'est bien malheureux qu'elle ait décidé de mettre des sous-vêtements, mais la vue n'en est pas moins belle. Son léger boitement rattrape le coup, un sourire se fraie un chemin sur mon visage.

Je serre les poings dès que je vois son nom à lui sur le téléphone. *Evan.* Le mâle qui n'est pas digne d'elle. La seule autre personne qui peut lui faire ressentir des choses, sauf que ce n'est pas comme elle le mérite. Chacun des commentaires de cet homme qui font monter les larmes aux yeux de mon petit monstre nocturne est une coche de plus dans mon registre.

Evan

Tu peux m'envoyer de l'argent ?
On est à sec.

*On.*

La silhouette de Lilith s'affaisse au moment où elle lit le message. Je l'ai laissée seule avec lui parce que je pensais que mon amour verrait le vrai visage de ce parasite, qui est un suceur d'âme. Il vit pour l'anéantir et utiliser son corps à elle pour se hisser plus haut. J'ai donné à Lilith l'espace nécessaire pour qu'elle s'éloigne de lui, qu'elle m'utilise comme béquille et qu'elle le jette.

Je lui ai prouvé que je suis tout ce dont elle a besoin. Je peux lui donner de l'argent, de la nourriture, de l'attention et de l'amour, pour l'éternité.

Il ne peut rien lui donner d'autre que de la déception.

Elle grimace en ouvrant son compte en banque, qui affiche la maigre somme de 19 euros, censés lui permettre de tenir encore quatre jours. Je caresse son bras alors qu'elle fixe son téléphone pendant tellement longtemps que l'écran devient noir, mais même alors, elle ne bouge pas.

C'est égoïste de ma part de refuser son âme et de la forcer à continuer à vivre. Peut-être que c'est égoïste de ma part de continuer à rester dans l'ombre tandis qu'elle affronte sa journée déconnectée de la réalité. Je peux faire disparaître sa douleur, mais je ne le ferai pas. Pas tant qu'elle n'a pas décidé de vivre et décidé de me choisir moi, pas pour ce que je peux lui donner, mais pour ce que je suis.

Je la laisse un instant pour retourner dans sa chambre tandis qu'elle continue à fixer son téléphone, le regard vide. Des ombres se transforment et dansent devant moi comme un nuage vorace jusqu'à ce qu'un parchemin enroulé flotte dans l'air.

Le papier rigide est tellement insignifiant dans ma main. Difficile de croire qu'une chose si petite ait la capacité de générer en elle des émotions si fortes que son âme s'en retrouve ébranlée, que ce soit par la rage, la joie ou même la peur.

Je me penche à côté de la pile qu'elle a créée et cache la lettre sous un pétale pourpre. Lilith mérite plus que des roses et des lys. Des diamants suffiraient-ils ?

Les ombres se forment à nouveau. Une liasse de billets apparaît dans l'air, maintenue par une pince à billets argentée avec un corbeau en relief dessus.

Le sac marron de Lilith est posé sur son bureau, effiloché et écaillé, on dirait que l'anse peut lâcher à tout moment. Je cache l'argent dedans avec une autre lettre lui disant de s'acheter quelque chose pour elle. Elle ne s'accorde jamais ce plaisir.

Le sac noir que je lui ai offert est caché au fond de son armoire, même si je sais qu'elle l'a trouvé magnifique. Tout comme le manteau d'hiver. Et les bottes en cuir. Lilith n'a jamais consciemment porté quelque chose que je lui ai donné – avant le collier, qu'elle n'a toujours pas enlevé. Elle ne pourrait pas le retirer si elle essayait, mais il semblerait qu'elle ne s'en soit pas encore rendu compte. Il n'y a pas de fermoir et je me suis assuré que la fine chaîne ne se brise jamais.

Toutefois, ma petite tempête porte des choses que j'ai créées sans même le savoir. Je remplace ses affaires à l'identique, mais en mieux : sa veste a maintenant du rembourrage en plus pour qu'elle ait bien chaud, la fermeture éclair de son jean ne coince plus et, contrairement à ce qu'elle croit, son allergie au toc n'est pas passée, car désormais tous ses bijoux sont en argent.

Maintenant qu'elle a mon collier autour du cou, peut-être commencera-t-elle à porter un plus grand nombre de mes cadeaux ?

Qu'est-ce que cet Evan lui a offert depuis un an et demi que je la regarde ? Un bon pour un restaurant dont le montant n'a même pas suffi à couvrir le repas de Lilith ? Des mots durs quand elle ne peut pas lui fournir de quoi avoir sa dose ?

Le téléphone égrène à nouveau quelques notes et, de l'autre pièce, j'entends le soupir de mon monstre nocturne, suivi du bruit de son téléphone qui claque sur la table. Ma triste fleur retourne dans sa chambre, le regard lointain et dénué de toute émotion – jusqu'à ce que son masque tombe au moment où elle regarde les pétales de roses. Elle aspire sa lèvre inférieure et ses joues se colorent d'un rose pâle.

Je souris d'un air narquois, je sais exactement à quoi elle pense.

Sa tête se penche sur le côté lorsqu'elle se rapproche doucement des pétales, elle a clairement vu mon dernier ajout à la pile. Je m'approche d'elle et souris, je sens mon odeur partout sur elle. Ne remarque-t-elle réellement pas que sa nuisette est différente ?

Lilith se redresse et déroule la lettre, les doigts hésitants. Ses joues ne sont plus rose pâle, mais rouge profond.

Elle inspire brusquement en lisant le message.

*Maintenant que je t'ai goûtée, je ne te lâcherai plus jamais. Nous serons bientôt réunis, ma petite tempête.*

Mon sombre amour peut se dire que la nuit dernière n'était qu'un rêve. Elle peut se leurrer à croire qu'elle n'a jamais connu le contact de mes lèvres, ni senti mes doigts à l'intérieur d'elle. Elle peut même tenter d'oublier tout cela.

Mais moi, je n'oublierai jamais.

Et elle non plus, même si elle essaie de toutes ses forces.

Elle se convaincra que mon message a un autre sens, que j'ai peut-être fait quelque chose sans qu'elle le sache. Mais elle était tout à fait consentante et je parie un millier d'âmes qu'elle aimerait que son rêve se répète.

Je me place derrière elle, la laissant sentir ma présence. Je pose ma bouche contre son oreille et murmure : « Tu es à moi. »

Lilith se fige sur place comme un cerf pris dans les phares d'une voiture. Sa respiration devient irrégulière au moment où mon doigt frôle l'extérieur de sa cuisse. Lorsque j'atteins l'endroit où la main de mon âme a marqué sa peau, ses paupières battent et son corps se détend contre le mien, même si ce n'est que très légèrement.

Je suis la courbe de ses fesses jusqu'à arriver à son sexe endolori. « Tu mouilles pour moi, mon amour ? »

Aucune réponse n'est requise parce que tout son être frémit quand je glisse mes doigts dans sa culotte. Comme je le pensais, elle mouille rien qu'à cause de moi. La moiteur enveloppe mon doigt lorsque je le passe le long de sa ligne.

Son excitation était si forte au moment où mon âme s'est jointe à nos réjouissances, la nuit dernière. A-t-elle imaginé que c'était ma bite à la place de mes doigts ? S'est-elle demandé comment ce serait d'être remplie par deux verges à la fois ? Elle criera, tant de douleur que de plaisir, mais ses yeux rouleront-ils vers l'arrière ? Ses propres doigts parcourront-ils les plans de son corps pour trouver son clitoris et le frotter jusqu'à ce qu'elle ne fasse plus la différence entre la vie et la mort ?

Elle semble tellement à sa place dans mes mains – trempée et tremblante. *Putain*, elle n'a aucune idée à quel point elle me rend dingue, aveuglé par le désir. Je l'ai voulue ardemment pendant tellement longtemps que l'avoir enfin est l'expérience la plus transcendante qui soit.

Elle gémit : « S'il te plaît. »

C'est revigorant d'être avec elle, peau à peau, âme à âme. La nuit dernière, nous étions tous deux coupés à moitié, en partie ici et en partie dans le lieu où je voulais la vénérer. Nous n'étions pas réellement peau à peau, mais bien âme à âme. Nous nous sommes ressentis de la manière qui comptait.

Je passe mon nez sur sa nuque en inspirant profondément. « Tes mots. »

Sa respiration se coupe, comme à chaque fois. Je glisse un doigt en elle et un petit gémissement s'échappe de ses lèvres, je voudrais le capturer et l'écouter en boucle pour toujours. Ses bras restent verrouillés le long de ses flancs tandis que le reste de son corps se liquéfie contre moi au moindre contact.

Mes doigts ne suffisent pas, j'ai besoin de sentir tout son corps trembler sur ma bite pendant que je lui donne tout le plaisir qu'elle mérite.

« Tes mots », dis-je d'un ton d'avertissement.

Elle cligne rapidement des yeux lorsque je commence à accélérer mon mouvement. Elle hoquette : « Quoi... » au moment où je place mon pouce sur son clitoris et le bouge en lents cercles qui dessinent extase et agonie sur tous ses traits. Elle est pratiquement en train de chevaucher ma main et ses gémissements hypnotiques me poussent à ajouter un autre doigt autour duquel elle puisse s'entortiller. Ses jambes tremblent comme si elle voulait prendre mes phalanges plus profondément en elle, comme si elle avait besoin d'être étirée encore plus que la veille. « Qu'est-ce que tu veux de moi ? »

Mon petit monstre nocturne ne voudrait rien me refuser. A-t-elle compris qu'elle est déjà mienne ? S'est-elle enfin soumise à moi ?

La courbe de son corps est pressée si parfaitement contre le mien. L'enfer pourrait se mettre entre nous que je ne bougerais pas.

Je masse ses seins lourds tandis qu'elle tremble d'envie de plus – plus de ce plaisir que je suis le seul à pouvoir lui donner. Elle est si magnifique. Vulnérable et ardente. Ses cheveux brun foncé chatouillent ma main alors que je marque ses chairs gonflées pour les revendiquer. Comment ai-je tenu des milliers de vies sans un tel plaisir ? Comment ai-je pu garder mes mains loin d'elle pendant si longtemps ?

« Ma chère Lilith, je te l'ai déjà dit. Je veux tout de toi. »

Je mords la peau douce de sa nuque et me retire d'elle pour me cacher une fois de plus, la laissant voûtée, à chercher son souffle.

Je suis un amoureux égoïste. Je lui ai donné tout ce dont elle avait besoin sans demander, mais je ne lui donnerai pas ce qu'elle veut à moins que ses lèvres roses formulent sa requête.

Elle se redresse d'un coup et se retourne furieusement, comme si je n'étais pas juste en face d'elle. Le parquet craque lorsqu'elle se rue dans l'entrée, puis dans la cuisine, comme si peut-être je me cachais dans le garde-manger.

La laisser dans un tel état me peine tout autant qu'elle. Lorsque sa chatte pulsait sur mes doigts au moment où elle a joui, j'ai su qu'il n'y avait rien au monde de comparable.

Lilith m'appartient, pleinement et complètement. Et quand viendra le jour où je la revendiquerai, chacune de ses respirations m'appartiendra.

Elle chiffonne la lettre dans sa main et ouvre hâtivement un tiroir pour en sortir le flacon en plastique orange.

Mon corps se crispe lorsque je la vois mettre l'un des cachets entre ses dents avant de l'avaler avec de l'eau.

« Bientôt », promets-je, même si elle ne peut pas m'entendre.

Parce que bientôt, Lilith sera pleinement mienne.

# 6
# Lilith

Au travail, la ruée du matin passe en un clin d'œil. Je n'ai pas arrêté d'essayer de fuir mon propre esprit en m'y cachant, mais mon cerveau ne m'a pas laissée le faire autant que j'aurais voulu. Ma pause arrive finalement et je découvre mon casier vide, si ce n'est les morceaux de mon cœur brisé.

Cinq nuits sont passées depuis mon rêve avec l'Homme sans visage. Cinq jours depuis la dernière lettre que j'ai reçue de lui. Cinq jours que mon corps tient à un fil, implorant une libération qui ne viendra pas de mes propres doigts.

Comment ose-t-il me faire cela ? Il ne peut pas me laisser ainsi en plan. Il joue avec moi depuis si longtemps, mais me mener au bord de l'orgasme puis tout simplement partir ? Mon Dieu, que dit de moi le fait que le harcèlement et les lettres ne m'ont pas rendue aussi furieuse, que ce qui me fait me tourner et me retourner cinq nuits d'affilée, c'est qu'il ne me laisse pas jouir ?

Je continue à me demander si je n'ai pas imaginé le tout. Franchement, il était là, puis la seconde d'après, il avait disparu. Ce moment a été entièrement effacé du *babyphone* vidéo.

Au départ, je pensais qu'il était un fantôme. Pendant deux mois, j'ai consacré mon temps à ratisser Internet pour savoir comment se débarrasser des fantômes. Il peut entrer partout et sortir de n'importe où sans être remarqué, se volatiliser, et il se trouve que je suis la seule à le voir. J'ai même porté une épingle de nourrice en continu parce que, apparemment, ces épingles piqueraient tout esprit qui tenterait de me toucher. Soit son esprit est masochiste, soit l'épingle était une autre vaine tentative.

Je ne suis pas du genre superstitieuse, mais j'admets qu'à un moment donné, mon appartement empestait l'ail avant que je ne me rende compte que c'était censé être contre les vampires. Evan s'est plaint de l'odeur pendant des semaines. Après quelques recherches, j'ai dépensé mes maigres économies en sauge. Le jour d'après, le *Connard* sans visage m'a déposé trois bottes de cette plante avec un message qui disait : « Essaie encore. »

J'ai rayé l'ami imaginaire de la liste des possibilités – bien que pas totalement. Parce que les amis imaginaires ne laisseraient pas mille balles dans mon sac à main, ni ne rempliraient de nourriture le placard de ma cuisine. J'avais vérifié, ces initiatives ne venaient pas d'Evan. Ce qui me mène à deux hypothèses : c'est un humain très talentueux ou... *Non*, c'est encore moins réaliste.

Quelque part, au fond de moi, je sais que ce n'était pas un rêve. Pas totalement, du moins. Je n'ai pas pu m'asseoir ni marcher correctement de toute la journée qui a suivi et, tout du long, j'ai eu le sentiment d'avoir été à la fois baisée comme jamais et pas suffisament.

Il a dit qu'il m'a goûtée. Comment pourrait-ce être autre chose qu'un rêve ? Comment d'autre aurait-il pu me goûter comme il l'a affirmé ? Généralement, si Evan se retourne dans son sommeil, je me réveille. L'Homme sans visage laisse des marques temporaires sur moi depuis un an, mais jamais rien d'aussi persistant que des empreintes de mains, des bleus ou même un collier, et ses manœuvres ne m'ont jamais réveillée.

Mais si ce n'était pas un rêve et qu'il était bien avec moi, pourquoi ne m'a-t-il pas contactée depuis cette nuit-là ? Je n'ai absolument rien entendu ni reçu de lui. Je ne l'ai même pas vu dans un reflet. Il ne m'a jamais laissée seule aussi longtemps auparavant, et je ne peux rien faire contre la douleur qui gonfle mon cœur. Maintenant, je vérifie mon casier dès que j'arrive au travail. Je tire même mon lit tous les matins pour voir si une lettre n'est pas tombée derrière. L'Homme sans visage ne veut plus de moi, peut-être qu'il n'a jamais voulu de moi. Il s'ennuyait juste et j'étais une proie facile.

Sans ses lettres et les petits rappels de son existence, je ressens la solitude, à l'état brut. Il y a dans mon cœur un trou en forme d'Homme sans visage, maintenant.

Il m'a abandonnée et c'est douloureux. Il n'a même pas dit au revoir.

Tout ce qu'il a laissé derrière lui, ce sont des taches violettes et vertes qui finiront par s'effacer et redevenir de la peau de porcelaine. Comme si ce n'était pas suffisant, il est parti sans rien dire ; la dernière chose qu'il a faite, c'est déposer de l'argent dans mon porte-monnaie, comme si j'étais une sorte de pute.

J'ai acheté mon déjeuner du jour avec l'argent de l'Homme sans visage. Tout ce que j'ai mangé avec me laisse un goût amer dans la bouche et une douleur creuse dans la poitrine. Et pourtant, je suis assise à la table pliante de la salle de pause, sur une chaise en plastique de seconde main qui porte l'insigne d'une des écoles du coin, et je grignote dans l'espoir que la nourriture me remplisse complètement.

Je recoiffe une mèche de mes cheveux derrière mon oreille, frôlant la boucle d'oreille que j'ai mise ce matin, assortie au collier. Je me suis même maquillée plus que d'habitude afin de peut-être attirer son attention ou trouver une lettre, ou même un SMS qui dit qu'il ne m'a pas oubliée.

Brit entre dans la pièce avec un air presque innocent. Mes sourcils se froncent lorsqu'elle se dirige droit vers moi plutôt que vers le bureau.

« Hé, Lili », lance-t-elle.

Je lui adresse un sourire vide, espérant qu'elle sente l'ambiance et voie que je veux être seule. Mais elle a sa tête de manageur, ce qui n'est jamais bon signe. La dernière fois qu'elle m'a regardée de la sorte, elle m'a enlevé mes heures sur deux semaines pendant qu'ils faisaient des restructurations.

« Je n'ai pas voulu te le dire plus tôt parce qu'on était sous l'eau. » Je retiens ma respiration et attends l'inévitable *mais.* « On n'a jamais eu ce problème avant donc ça t'est peut-être juste sorti de la tête. Mais c'est interdit de porter des bagues quand tu manipules de la nourriture. »

Je la regarde, confuse. J'ai sur le bout de la langue la phrase suivante : « Mais je n'en porte pas. » Je suis sur le point de laisser échapper les mots de mes lèvres et de lui mentir de but en blanc. Parce que lorsque je baisse les yeux, tous les éléments de preuve sont là pour affirmer que Brit a raison.

Je suis frappée tant par la joie que par la peur à la vue du gros anneau doré qui entoure l'annulaire de ma main droite. Je vois qu'il y a des mots gravés dessus et je dois résister à l'envie de l'approcher de mes yeux pour l'inspecter alors que Brit est là.

Je ravale ma salive. Je jure qu'il n'était pas là ce matin. Comment ne l'ai-je pas remarqué ?

Elle me regarde bizarrement et j'essaie de me forcer à sourire. « Désolée. C'était un accident. »

Brit me retourne mon sourire. « Ce n'est pas grave. Laisse-la simplement dans ton casier avant de reprendre ton service. » Elle marche à reculons vers la porte qui mène au café. « Envoie Sam en pause quand tu auras fini. »

J'acquiesce dans sa direction, avec l'envie qu'elle sorte de la pièce plus rapidement. Dès qu'elle est hors de vue, j'arrache la bague de ma main. Il a dû me la glisser au doigt pendant que je dormais, c'est la seule explication plausible.

La bague est lourde et solide. Elle a l'air de valoir plus que tout ce que je possède. L'anneau doré scintille à la lumière quand je le porte plus près de mes yeux afin de lire les mots qui y sont gravés de l'écriture de Letum :

*PAR-DELÀ LA MORT*

Mon cœur balbutie à ces mots. J'ai arrêté d'essayer de donner une interprétation aux phrases de l'Homme sans visage, les catégorisant simplement comme de la poésie pure. Mais ces quatre mots sont trop lourds de sens cette fois, surtout après le rêve que j'ai fait et les heures de recherche sur mon ordinateur, à enquêter sur la signification de son nom.

L'intérieur de l'anneau retient mon attention et me glace le sang :

*LETUM & LILITH*

Malgré la peur, quelque chose d'autre m'ébranle au plus profond de mon être. Il ne m'a pas abandonnée.

Il veut encore de moi.

Je suis toujours sa muse.

Ce n'était pas un rêve.

Je sais qui il est.

***

Je suis assise là depuis cinq minutes, à fixer la bague. Si Evan ou l'un de ses colocataires m'a vue, posée dans ma voiture devant leur maison, personne n'a pris la peine de venir vérifier si j'allais bien.

À la fin de mon service, j'ai remis la bague sans réfléchir. Comme si elle avait toujours été là et que je me sentais nue si je ne la portais pas. Son poids sur mon doigt est réconfortant, petit rappel que Letum est toujours avec moi, même si j'ai déjà son symbole autour de mon cou.

Avant, je détestais mélanger les différents métaux : argent et or. Maintenant, j'ai l'impression que c'est la manière dont il faut les porter, ils s'équilibrent harmonieusement tout en étant de parfaits contraires : l'amour et la haine, la vie et la mort, le paradis et l'enfer.

Je lève les yeux de l'anneau et les repose sur le SMS qu'il m'a envoyé à la seconde où j'ai remis le bijou. Un seul mot.

Numéro inconnu

Bientôt.

Un frisson me parcourt l'échine chaque fois que je vois le message et de petites sonneries retentissent dans ma tête. Elles ne signalent pas du danger, mais de l'empressement.

Je sais que je devrais enlever la bague avant d'aller voir Evan. Il le faut. Mais j'ai l'impression que si je le fais, je pourrai perdre pour toujours l'Homme sans visage. Il ne m'a contactée qu'après m'avoir offert cette bague, si je l'enlève, peut-être qu'il s'en ira de nouveau ? L'anneau est le seul contact que j'ai eu avec lui depuis des jours. Tout cela a-t-il une quelconque importance si je suis là uniquement pour rompre avec Evan ?

Cette séparation aura tardé à venir. Entendre le même gloussement de femme à l'autre bout du fil chaque fois que j'ai eu Evan au téléphone cette semaine m'a fait craquer. Il n'est pas heureux avec moi, je ne suis pas heureuse avec lui. Nous avons chacun quelqu'un d'autre qui nous fait nous sentir vivants et nous retournons l'un vers l'autre juste pour nous empoisonner. Malgré tout, je lui dois de ne pas porter la bague de quelqu'un d'autre. Le fait que je la porte au petit doigt est sans importance.

Dans une nouvelle inspiration hachée, je décide de ne pas l'enlever – juste de la mettre à un autre doigt. Pour la simple et bonne raison qu'elle me réconforte. Rappel qu'il y a quelqu'un, quelque part, qui veille sur moi à sa manière bizarre. J'admets que porter cet anneau fait peut-être de moi une mauvaise personne et toute la merde qu'Evan m'a balancée n'y change rien. En quelque sorte, c'est lui dire en silence : « Va te faire foutre, Evan. » Pour rajouter de l'huile sur le feu, Letum sera probablement content de savoir que je porte sa bague au moment où je romps avec mon copain.

C'est préoccupant parce que c'est précisément cette pensée-là qui me fait enfouir ma main sans bague dans la poche de mon pull à capuche tandis que l'autre étincelle sous le ciel gris pendant que je me dirige vers l'entrée.

La maison est calme, comme lorsque je suis venue une semaine auparavant. J'aurais sans doute dû envoyer un message à Evan pour m'assurer qu'il était chez lui. Son pick-up est garé dans l'allée, mais ce n'est pas forcément un bon indicateur, il n'a jamais été du style à se porter volontaire pour conduire. Evan est plutôt le genre de mecs qui préfèrent s'occuper de la musique.

Il ne travaille pas de nuit, contrairement à ses deux colocataires, et Dieu sait à quoi ressemblent les horaires de cette fille aux cheveux noir obsidienne, étant donné qu'elle semble être là chaque fois que je suis au téléphone avec Evan. Enfin, du moins, je pense qu'il s'agit d'elle. À moins qu'il ait une autre *amie* dont je n'aie pas connaissance.

Nate lève les yeux vers moi depuis le canapé lorsque j'entre dans le salon. Il me jette le même regard pitoyable que la dernière fois, qui me fait me recroqueviller en moi. Je fais tourner ma nouvelle bague pour me donner un semblant de réconfort.

Je me racle la gorge, ne sachant pas si je devrais lui dire au revoir ou m'excuser d'avance si je ressors de la chambre en criant.

« Evan est là ? » Nate voit-il la peur sur mon visage ? A-t-il remarqué que je porte une nouvelle bague ? Probablement pas, mais l'anneau doré est au premier plan dans mon esprit, juste à côté de la phrase que je m'apprête à dire à Evan.

Nate regarde ses mains quelques instants, un tremblement à peine visible agite sa mâchoire. « J'ai entendu qu'il faisait des trucs dans sa chambre à midi. Mais il dort depuis le début de l'après-midi. »

*Faire des trucs.* Je vois. Du genre jouer à des jeux vidéo ? Du genre parler à quelqu'un qui n'est pas moi ? Du genre dépenser tout un salaire en drogues ? Ou du genre coucher avec une autre femme ?

Je ne peux pas m'énerver alors que j'ai rêvé d'un autre homme – sauf qu'il s'avère que ce n'était peut-être pas un rêve, après tout.

J'acquiesce et traîne les pieds sur le tapis usé jusqu'à atteindre la première porte sur la gauche, celle qui est tachée autour de la poignée à force d'avoir été ouverte directement après du travail de chantier.

L'appréhension est lourde dans ma poitrine. J'ai le sentiment tenace que quelque chose de grave va se passer. *Tu te fais des idées*, me dis-je à moi-même. La bague m'angoisse tout autant qu'elle me réconforte.

Je laisse tomber la tête en arrière et fixe le plafond en essayant de rassembler toute ma confiance et mon énergie, et en me préparant mentalement au quelconque venin qu'il pourrait me cracher à la figure. Alors que je me chuchote des mots d'encouragement, je visualise mon Homme sans visage derrière moi, qui me donne la force dont j'ai besoin pour traverser cette épreuve. Je prends une inspiration fortifiante puis toque à la porte. Comme il ne répond pas, je l'appelle. « Evan. »

Je prends sur moi, j'agrippe la poignée vieillotte et ouvre lentement la porte, centimètre après centimètre. Evan ne bouge pas bien que j'aie rompu le silence, toujours enfoui sous la couette. Je rentre donc dans la chambre et ferme bruyamment la porte derrière moi en espérant que le fracas le réveille.

Je suis trop nerveuse pour avancer plus, alors je m'appuie contre la porte. Le fait de savoir que je pourrais facilement l'ouvrir d'un coup et partir en courant amène un peu de calme à ma situation difficile.

Sa chambre est comme d'habitude. Plus ou moins. Un cardigan bleu pastel est pendu au dossier de sa chaise, celui que portait la fille aux cheveux noir obsidienne. Un canapé deux places vert est calé entre la porte et l'ordinateur, jonché de vieux emballages de plats à emporter. Je repère le tube de gloss caché parmi les déchets et le chouchou bleu pastel, assorti au cardigan, accroché à la poignée de l'armoire. Je me demande ce que je pourrais trouver dedans si je l'ouvrais pour regarder. D'autres choses qui appartiennent à la fille obsidienne, peut-être ?

Le peu de lumière qui filtre dans la pièce rend toute la situation encore plus horrible. Comme si Dieu savait ce qu'il allait se passer et qu'il remplissait le ciel de nuages gris juste pour un petit effet cinéma.

Je murmure : « Evan. » *Réveille-toi, qu'on en finisse, bordel.*

Il ne bouge même pas.

« Evan », dis-je en haussant la voix, cette fois.

Rien.

Je me force à me rapprocher de lui, je vais clairement devoir le secouer pour qu'il se réveille. Pourquoi les choses ne pourraient-elles pas être simples ? Je vais le réveiller, il sera fâché contre moi et cette rupture sera encore pire. Je dois juste me rappeler qu'il faut que je prononce cette phrase et qu'elle peut mettre un terme à tout cela.

Lorsque je m'approche du lit, une cascade de glace coule sur ma peau à la vue d'un parchemin brun roulé, déposé innocemment sur un Evan endormi.

L'Homme sans visage envoie-t-il des lettres à Evan aussi ? Non, j'en doute. Evan pensait que j'étais tarée quand je répétais qu'il m'adressait des petits mots. Pourquoi Letum me laisserait-il une lettre chez Evan ? Je frissonne involontairement en notant que je l'appelle autrement que l'« Homme sans visage ».

J'essaie de faire arrêter le tremblement de mes mains tandis que j'attrape la lettre et tente de garder le contrôle sur ma respiration. Je ne serais pas surprise qu'Evan se réveille juste à cause du bruit de mon cœur qui bat à tout rompre.

J'arrive à peine à dérouler la lettre tellement mes doigts tremblent violemment. Le poids de la bague me semble soudainement aussi lourd qu'un rocher. Pourquoi ai-je pensé qu'un anneau me réconforterait alors que l'homme qui me l'a donné fait grimper en flèche mon angoisse ?

Je ferme fort les yeux un instant avant de les rouvrir pour lire le message. Puis je le relis. Puis encore une fois. Pendant que tout s'effondre autour de moi. Je continue à espérer que les mots vont dire autre chose. Je continue à espérer que ce n'est que mon esprit qui me joue des tours. Chaque fois que je relis la lettre, de la bile monte toujours plus haut dans ma gorge.

Je tends lentement la main pour bouger la couette, priant pour que ce que dit le message ne soit pas réel. Je lève les yeux du parchemin et titube en arrière.

Je souffle « non », plaquant mes mains contre ma bouche pour ne pas vomir. « Non, non, non, non ! »

Les yeux vides d'Evan fixent le plafond, ses lèvres bleutées sont très légèrement entrouvertes, comme s'il était encore en train de prendre son dernier souffle.

Je relis la lettre une fois de plus.

*Le destin n'a pas encore rappelé son âme. J'ai décidé qu'il l'avait perdue à la seconde où il a posé les yeux sur toi.*

Mon cœur se tord et vole en éclats. Chaque atome, chaque cellule, chaque minuscule tissu de mon être me donne l'impression de prendre feu. Mon corps se tétanise. Et je hurle.

# 7
# Lilith

Non.

*Non, non, non, non, non.*

Tout est de ma faute. Tout ce qu'il s'est passé. Il est mort. Evan est *mort.*

Je n'entends pas Nate arriver en trombe dans le couloir avant que la porte s'ouvre en grand et claque contre le mur.

« Quoi ? Qu'est-ce qu'il s'est passé ? Ça va ? » Ses yeux sont écarquillés et cherchent frénétiquement dans la pièce un intrus qu'ils ne trouveront pas.

Je fourre le papier dans ma poche avant qu'il ne le voie. « Evan », dis-je en sanglotant. Je n'arrive pas à faire sortir les mots de ma bouche. Si je ne le dis pas à haute voix, ce ne sera pas réel. À tout instant, Evan va bondir et lancer que ce n'était qu'une blague. Il ne le fera pas. « Il est... » Je m'étouffe dans ma phrase.

Nate comprend ce que j'essaie de dire et se jette directement sur le corps d'Evan. Il appuie immédiatement son doigt contre la gorge d'Evan pour prendre son pouls. Ce n'est pas nécessaire. Je devrais le lui dire. Evan est mort. Je sais qu'il est mort. Letum l'a tué.

Je ne peux rien faire d'autre que regarder. Je suis bloquée. Je ne peux pas bouger. Ni même verser une larme. Tout ce que j'arrive à faire, c'est observer la scène, la respiration coincée dans la gorge, qui me brûle, qui me fait mal. J'ai envie de hurler à nouveau – cela m'a fait tellement de bien.

Nate crie : « Putain ! » Il tire d'un coup la couette et pose son oreille contre la poitrine immobile d'Evan. « Je... Je n'entends rien... » Il secoue le corps de son colocataire avant de déplacer sa tête à la hauteur des lèvres de l'homme. « Je n'entends rien. Il respire pas, putain ! »

Il ne respire pas et c'est de ma faute. J'aurais dû trouver un moyen de me débarrasser de Letum. J'aurais dû repousser ses avances. Je n'aurais pas dû m'engager dans ce rêve stupide avec lui. J'aurais dû quitter Evan plus tôt, il serait encore en vie. *J'aurais dû. J'aurais dû. J'aurais dû !*

« Putain. » Nate se redresse et fait les cent pas, passant ses mains dans ses boucles couleur bronze et sur son visage. « *Putain.* Putain de merde. Comment...

Comment c'est... Qu'est-ce que... » Nate n'arrive même pas à finir sa phrase. Il réagit suffisamment fort et est assez bouleversé pour nous deux.

J'attends que mes yeux commencent à piquer ou que je doive chercher de l'air. Mais je n'arrive à faire rien d'autre que fixer la scène. Lentement, les filaments noirs dans mon esprit m'attrapent et m'aspirent dans cet endroit où il n'y a ni souffrance ni douleur, mais juste des ténèbres. De là, je n'entends pas Nate me crier dessus, jurer et hurler qu'il faut appeler une ambulance. Je ne le vois même pas commencer à faire un massage cardiaque.

Evan était un connard, mais il ne méritait pas de mourir. Avant l'accident, il était parfait, l'homme de mes rêves. Evan était le genre d'homme qu'on voit dans les livres, le genre d'homme avec lequel on découvre, en rentrant à la maison, le chemisier qu'on rêvait d'acheter dans un sac posé sur le lit. Il trouvait toujours le mot juste, me couvrait d'affection, il passait un maximum de son temps à me toucher. Pas sexuellement, simplement pour que nous nous rappelions que nous étions là l'un pour l'autre.

J'avais planifié notre mariage : une pièce montée à trois étages avec des motifs d'orchidées violettes. Je porterais une simple robe en dentelle à bretelles fines avec une traîne courte. Nous mettrions ABBA pour mon entrée parce que *Dancing Queen* passait au bar lorsque nous nous sommes rencontrés.

Je n'aurai jamais le mariage que je voulais. Pas parce qu'Evan est maintenant mort, mais parce que *je* suis morte. L'unique différence entre nous, c'est que je continue à respirer. Les seules choses qui me réjouissent dans mon quotidien sont les lettres de mon harceleur et les fleurs qu'il me laisse.

L'accident a tout détruit. J'ai perdu le seul membre de ma famille qui me restait, le boulot de mes rêves et mon copain, le tout en une nuit.

J'ai dit à Evan que l'Homme sans visage était réel et il ne m'a pas crue. Il m'a traitée de folle et cela lui a coûté la vie. *Je* lui ai coûté la vie. Quelqu'un d'autre m'accusera-t-il de sa mort ? Letum déclarera-t-il au Ciel que la mort d'Evan a été commise en mon nom ?

Le pire, c'est que malgré les accusations qui fusent dans ma tête, je ne me sens pas vraiment coupable. Je sais juste que je devrais me sentir coupable. Je n'ai pas demandé à Letum de tuer Evan. Je ne peux pas être tenue responsable d'une balle tirée alors que je ne savais même pas qu'il y avait un pistolet dans l'histoire. Il y avait des signes – l'obsession, les messages cryptiques. Mais Letum n'a jamais fait preuve de violence, son toucher était tendre et doux. Sauf dans ce rêve, mais la situation était différente.

Ce qui me fait le plus me sentir coupable, c'est ce sentiment de soulagement qui accompagne la mort d'Evan. Sa mort me fait souffrir, mais la mort m'est familière. La mort en elle-même est sûre. Stable et constante. On sait qu'elle survient infailliblement.

J'ai appelé à l'aide. Encore et encore, j'ai imploré de l'aide. J'ai supplié Evan de me soutenir, mais il ne m'a rien donné. Et il s'avère que la seule personne qui m'a aidée est celle dont je pensais devoir être sauvée. Sauf que, je m'en rends compte maintenant, j'avais besoin qu'on me sauve de moi-même.

Trois coups menaçants me tirent des recoins de mon esprit et c'est comme si je reprenais mon souffle après avoir été trop longtemps sous l'eau. Je les ai déjà entendus. Les coups. Les deux dernières fois où j'étais avec Evan, nous les avons entendus tous deux.

Une fois que le brouillard de mon cerveau s'est dissipé, Letum est en face de moi, vêtu de son manteau d'un noir profond, la capuche tirée sur le visage. Je ne vois Nate nulle part. Sa voix se fait entendre quelque part en fond, bégayant au téléphone.

Letum tend la main vers moi et fait courir ses doigts sur les courbes de mon visage. De la chaleur jaillit de chaque endroit qu'il effleure. Son toucher est possessif, mais tendre. Comme s'il voulait m'emporter avec lui en enfer, mais en me tenant la main tout du long.

Il murmure « ma belle tempête », caressant sans arrêt ma peau. La manière dont il le dit n'est ni pitoyable ni possessive, mais reflète plutôt ce que je ressens : du soulagement.

Il porte ses lèvres à mon front pour y déposer un baiser revendicateur. « Tu es toute à moi, maintenant. »

Ma respiration s'emballe, la réalité me rattrape. Mes mains trouvent mon cou et ma poitrine, que je frotte et masse pour essayer d'éliminer l'envie de hurler, pour essayer de retrouver les respirations régulières qui se perdent en moi. Le froid me brûle la peau lorsque la bague entre en contact avec mon visage, mais pour une quelconque raison malsaine, je ne veux pas l'enlever.

Le poids de la lettre rangée dans ma poche me tire au sol et je replie mes doigts sur ma nuque. Je me balance d'avant en arrière en fixant le grain de poussière invisible sur le manteau parfaitement repassé de Letum.

Ce dernier s'agenouille à nouveau devant moi, comme il l'a fait la nuit où j'étais censée mourir. Il m'a volé Dahlia et maintenant, il emporte Evan. Pourquoi ne m'a-t-il pas prise ? Pourquoi refuse-t-il toujours de me laisser mourir ?

Je crache : « Que lui as-tu fait ? » Je sais ce qu'il a fait. C'est une question stupide.

Letum caresse d'une main ma jambe et relève doucement mon menton de l'autre. « Ma chérie, tout le monde finit par mourir. La seule question qui se pose, c'est quand. J'ai décidé que ce serait aujourd'hui. »

D'une voix étranglée, je lâche : « Tu l'as tué à cause de moi ! » avant de plaquer ma main sur ma bouche pour que Nate ne m'entende pas.

Letum penche la tête de côté, très légèrement. « Non, mon amour. Je ne l'ai pas *tué*. J'ai gracié son corps de son âme.

— C'est la même chose, putain ! » dis-je d'un ton cassant.

Son toucher est si tendre comparé à mon ton, lorsqu'il recoiffe mes cheveux derrière mon oreille. « L'au-delà ne l'aurait pas pris si son heure n'était pas venue. » Le corps de Letum se crispe et je me mets sur le qui-vive. « C'était un acte de bonté de lui offrir une mort si dénuée de souffrances, mon bel orage. C'est pour toi que je ne l'ai pas fait souffrir. »

Sérieusement ? « Je suis censée me sentir mieux ? »

Il soupire, mais pas d'impatience. Le front de Letum entre en contact avec le mien. Je sais que je devrais reculer, mais je ne le fais pas, je n'y arrive pas. « Tu vas prendre vie, mon petit monstre nocturne. Je veux te voir rayonner.

— N'importe quoi.

— Qu'est-ce qui est n'importe quoi ? » lance une voix derrière moi.

Je relève la tête d'un coup pour constater que Nate semble avoir pris dix ans en l'espace de dix minutes. Ou peut-être n'étaient-ce que dix secondes. Lui non plus n'a pas versé une seule larme. Mais, comme moi, sa main tremble en agitant son téléphone.

Il oublie totalement que j'ai dit quelque chose et s'affale par terre à côté de moi avant d'appuyer son dos contre le canapé vert qu'Evan et moi avons chiné ensemble pour notre ancien appartement. « L'ambulance arrive », lâche-t-il d'une voix défaite.

Aucun de nous deux ne parle à l'autre. Ni quand l'ambulance arrive. Ni lorsqu'ils emportent le corps d'Evan.

Les pompiers nous posent des questions et nous répondons la même chose : nous l'avons trouvé ainsi. J'omets juste la partie qui dit que je l'ai trouvé avec une lettre de l'Homme sans visage qui me harcèle depuis un an et demi. Tout se passe dans un flou monotone.

Je ne ressens rien. J'ai déjà passé des mois à faire mon deuil d'Evan. Mon esprit m'a déjà attirée dans ses griffes, laissant juste un pied dehors pour que je puisse entendre assez afin d'acquiescer toutes les quelques secondes.

J'ai annoncé la nouvelle à ses parents sans broncher. Comment est-ce possible ? Je devrais être en train de pleurer avec eux. Je devrais être en train de hurler comme eux. Je devrais monter dans ma voiture et les suivre à l'hôpital parce que, après tout, ils pensent que je suis sa copine. En réalité, la fille au cardigan bleu est plus proche de lui que moi.

C'est peut-être cruel ou mesquin, mais je ne serai pas celle qui la préviendra. Clairement, elle voit Evan assez souvent pour le découvrir par elle-même. Elle doit encore venir reprendre son cardigan.

Tout s'effondre au moment où j'arrive à ma voiture. Comme un câble sous tension, tout en moi s'enflamme. L'électricité statique dans mes poumons me brûle tandis que je hurle. Je frappe le volant de mes poings et de la paume de mes mains, encore et encore et encore, jusqu'à ce que ma gorge soit complètement à vif, que des bleus commencent à apparaître sur mes mains et que mes bras me brûlent de douleur.

Je suis amère. Je suis en colère. Je suis contrariée. Qu'est-ce qui ne va pas chez moi pour que la mort ne veuille pas de moi ? Pourquoi pas moi ?

J'allume le plafonnier en faisant abstraction des sièges usés de ma vieille voiture pourrie et fouille dans mon sac jusqu'à y trouver le flacon orange bien connu. Il n'y a aucun intérêt à prendre un cachet alors que Letum est clairement réel. Mais ces médicaments me donnent une certaine paix intérieure, un faux-semblant de calme.

Le couvercle gicle et tombe sur le côté du siège. Je jure à voix basse, mais verse un seul cachet dans ma main. Je ne regarde jamais les comprimés avant de les avaler. Pour une raison que j'ignore, cette fois-ci, je le fais.

Mes doigts se relâchent autour du flacon, qui tombe sur le plancher de la voiture, éparpillant partout des cachets blancs. J'approche de mon visage l'unique pilule dans ma main. Il y a un symbole dessus. Pas son symbole, mais *le mien*.

Une croix surmontée d'un croissant de lune : le symbole de Lilith, le démon féminin.

Le cachet tombe, rejoignant les autres. Depuis combien de temps ont-ils cette tête ? Ce n'est que récemment que j'ai cherché sur Internet le symbole de Lilith. Ai-je vraiment pris les médicaments de la doctoresse Mallory ? Oui, forcément. J'ai tous les symptômes dont elle m'a parlé. L'Homme sans visage a-t-il remplacé les cachets ?

Un à un, je ramasse les comprimés en vérifiant s'ils portent tous le même symbole. *Non.* Je ne suis *pas* folle. Letum est réel. Je suis en traitement pour… je ne sais même plus quoi.

Je hurle « Letum » et regarde par la vitre, m'attendant à ce qu'il se trouve sous l'un des lampadaires. Je ne le vois pas, mais je sais qu'il me voit. Il me regarde. Tout le temps. « Qu'est-ce que tu me fais ? Qu'est-ce que tu veux de moi, putain ? »

Je ne sais pas à quoi je m'attendais, mais rien ne change autour de moi.

Je hurle encore avant d'appuyer mon front contre le volant pour essayer de retrouver mon sang-froid. Des secondes passent, ou peut-être des minutes. Je ne sais trop combien de temps s'écoule pendant que je fixe la constellation de cachets sur le plancher de ma voiture.

Mais il y a une chose dont je suis sûre.

Je continue de vouloir Letum à mes côtés.

***

Je ne me rappelle pas avoir conduit pour rentrer chez moi, mais je l'ai fait. La dernière chose dont je me souviens, c'est d'avoir tourné la bague en or sur mon doigt. Et maintenant, j'éteins le moteur de ma voiture, garée dans la rue devant mon appartement. Je sais que j'ai fait le trajet, je crois juste que je n'étais pas consciente pendant ce temps-là.

Mes pas résonnent dans les escaliers en bois qui grincent tandis que je monte les deux étages qui me mènent à mon appartement. Je tripote la lettre dans ma poche, la seule preuve que Letum a revendiqué la mort d'Evan, quand mon téléphone sonne à nouveau. Quelqu'un, peu importe qui, a essayé d'appeler. La mère d'Evan. Peut-être un médecin. Les colocataires d'Evan, possiblement, bien que Nate puisse faire le messager. Les amis d'Evan ne me contacteront pas, ils ne se préoccupent plus de moi.

Il n'y aura rien d'important sur mon téléphone, que des messages de pitié ou des gens avec qui faire mon deuil. Je ne veux pas m'en occuper. Je ne peux pas me retrouver face aux parents d'Evan alors que je sais pourquoi leur fils leur a été enlevé. Je ne peux pas me retrouver face à eux en sachant qu'ils me regarderont et verront que j'ai échappé à la mort une fois de plus.

Ma main se pose sur la poignée métallique froide de la porte de mon appartement et je place la clé dans le verrou directement dans le bon angle pour entendre le *clic* satisfaisant de la serrure qui se déverrouille. Les gonds grincent lorsque j'ouvre la porte, et m'arrête net sans la refermer.

*S'il te plaît, non. Pas aujourd'hui. Je ne suis pas d'humeur.*

Comme une femme qui aurait sombré dans la folie – et j'aurais pu réellement perdre les pédales avec tout ce qu'il s'est passé –, je vérifie le numéro sur ma porte : 2B.

Le bruit de la porte voisine que l'on déverrouille me force à entrer dans mon appartement et je ne peux pas m'empêcher de penser que c'est là ma punition pour avoir ignoré les appels et n'avoir pas suivi l'ambulance à l'hôpital.

Des bougies décorent tous les coins de l'appartement, me replongeant dans mon rêve. Cette fois, elles sont de toutes formes et de toutes tailles, certaines sont sur des candélabres, d'autres plantées fermement au sol.

Chaque centimètre de la table de ma cuisine est couvert de plateaux de fruits et de crackers, il y a des grenades et des pommes, une dinde rôtie, des pommes de terre et des légumes, de la bruschetta et de la vinaigrette, des bouteilles de vin rouge, des bouteilles de vin blanc, le tout sur une nappe d'un grenat profond. Un nouvel ensemble de vaisselle en porcelaine fine est dressé pour moi. La table semble tout droit sortie d'un film, comme une salle à manger prévue pour accueillir une reine.

À la place de la télévision est accroché un tableau qui n'était pas là quand je suis partie au travail ce matin. Les bougies et un assortiment de fleurs posés tout autour lui donnent un air de sanctuaire improvisé.

Je fixe le tableau, complètement subjuguée. C'est la chose la plus phénoménale que j'aie vue. Tout comme la plus effrayante. Un homme recouvert d'une cape se tient au-dessus d'une femme aux longs cheveux bruns, assise, vêtue d'une robe tissée d'or. Chaque parcelle d'elle est mon portrait craché. Jusqu'aux taches de rousseur sur les pommettes et la petite cicatrice sur la lèvre. À l'endroit où devrait être la tête de l'homme, il n'y a que des ténèbres d'encre. L'Homme sans visage. *Mon* Homme sans visage. Letum. C'est le genre de tableau qui a sa place dans un musée, le genre de tableau dont des artistes partout dans le monde parleraient pendant plusieurs siècles.

Je me retourne et observe le reste de mon appartement en suivant les pétales de roses qui mènent à la chambre. Je suis si assommée par tout ce qu'il s'est passé aujourd'hui que je ne sais pas comment réagir autrement qu'en fixant les choses. Abasourdie.

Mon pied reste suspendu au-dessus du seuil de ma chambre. Il y a, éparpillé sur mon bureau, tout ce que l'Homme sans visage m'a donné jusqu'à maintenant : les lettres, un sac, le lys florissant, des robes en soie et des chemisiers en dentelle, une fleur en cristal, un crâne en quartz rose, des plumes noires, le sac en plastique rempli de pétales de roses que je n'ai pas jeté.

Sur le lit se trouvent certains objets que je croyais avoir perdus. Ceux que j'aurais juré avoir mis à un endroit précis, et qui, l'instant d'après, n'y étaient plus. Le bracelet à breloques assorti à celui de Dahlia que je portais tout le temps. La photo encadrée de moi le jour de la remise des diplômes, mon stupide certificat d'économie à la main et un immense sourire sur le visage. Une pile d'élastiques à cheveux. Mon ensemble de lingerie préféré, en dentelle rouge avec des rubans noirs.

Au milieu de toutes mes affaires, un unique parchemin brun qui dit :

*Je viens te chercher.*

# 8
# Lilith

Lorsque je me glisse sous mes draps, je n'ai ni alcool ni médicament pour me faire dormir. Donc je me tourne et me retourne, mon cerveau est un fouillis de questions.

J'ai remis à leur place toutes les choses que je pensais avoir perdues. Mais les cadeaux de Letum sont restés intacts sur mon bureau. Je suis presque fière d'eux.

Non, « fière » n'est pas le bon mot. Ce n'est pas non plus que je me sens « réconfortée », ce n'est pas assez fort. Mais chérie ? Désirée ? Voir toutes ces choses exposées ainsi fait passer un message plus profond et significatif que toutes ses lettres. C'est comme s'il me disait qu'il est là pour moi, comme il l'a toujours été.

Mais la question reste : *Pourquoi moi ?* Qu'ai-je fait pour capter son attention ? Qu'est-ce qui, chez moi, l'a rendu obsessionnel ? Je ne fais rien d'autre que me morfondre chez moi, aller au travail, décharger une partie de mes problèmes sur ma psy, puis répéter ce cycle insipide.

Il faut que je parle à Letum. Je mérite des réponses. Si seulement il arrêtait de se cacher, ce n'est pas comme si je n'avais pas compris qu'il avait disparu intentionnellement. Clairement, il me veut et il s'est dit qu'Evan était un obstacle.

Finalement, je m'endors. Comme la dernière fois, je me réveille ailleurs que dans ma chambre. Cette fois, je n'ignore pas le sentiment tenace qui me dit que ce n'est pas juste un rêve, mais quelque chose de tout à fait différent. Quelque chose de plus, quelque chose de réel.

Les draps de velours s'entortillent autour de mes jambes lorsque je bouge pour m'asseoir. Comme dans le dernier rêve, des ombres tournoient dans le néant au-dessus de moi, chaque lueur vacillante est une nouvelle âme aspirée dans le vide.

Des bougies sont alignées dans la pièce de sorte à créer un triangle au milieu duquel se trouve le lit. Je me rends compte seulement maintenant que le triangle est presque aussi grand que ma chambre.

Letum m'a tout aussi peu vêtue que la dernière fois. Ou peut-être que c'est moi qui ai enfilé cet habit. Je me lève du lit et m'enveloppe dans le drap de velours rouge pour essayer de cacher mon corps le plus possible. Le tapis noir sous mes pieds est moelleux et je ne peux pas m'empêcher de remuer les orteils dessus avant d'inspecter la pièce. On dirait que l'Homme sans visage garde des parts de moi que je croyais avoir perdues.

Les quatre murs qui m'entourent sont peints en noir, cachés derrière d'imposantes bibliothèques pleines à craquer de divers objets : des livres, des crânes, des bibelots de partout dans le monde, des vases et, de nouveau, des choses que je pensais avoir perdues.

Il y a une photo de moi, rayonnante, devant la fontaine de Trevi, quand Dahlia et moi sommes parties sac au dos à travers l'Europe pendant deux mois. Un avion et une grue en papier, mal faits, avec mes messages dessus. La barrette en perles que j'ai reçue quand j'étais enfant. Une tasse que j'ai faite avec Dahlia à l'occasion d'une soirée Vin et poterie. Mes lunettes de soleil. Un petit éléphant qui vivait sur mon lit et avec lequel je dormais toutes les nuits.

Un feu frémit doucement dans une cheminée entre deux bibliothèques, juste devant une méridienne et un fauteuil bergère. Cette pièce a quelque chose de familier, mais je n'arrive pas à dire précisément pourquoi.

Mon corps est tellement sensible à la présence physique de Letum que je devine exactement à quel moment il se matérialise derrière moi.

« Tu es belle dans mon intérieur. » Le grondement de sa voix déclenche de doux frissons dans mon corps.

Je fais volte-face et me retrouve prise dans son piège. Il porte la même cape sans manches qui exhibe les courbes alléchantes de ses muscles. Je n'ai pas eu l'occasion de laisser courir mes doigts sur ses bras la dernière fois. Frémirait-il à mon toucher ? Les dessins sur sa peau reculeraient-ils devant mes mains ? Pourrais-je les sentir ?

Je me force à dire : « Je sais qui tu es. » Le fait d'avoir presque tout son corps exposé à mon regard est trop distrayant, d'autant plus que le V marqué sur son ventre pointe directement vers une zone que je veux sentir entre mes cuisses depuis plus longtemps que je ne suis prête à l'admettre.

« Je t'ai dit mon nom, en effet. » Son ton est presque taquin.

Je fronce les sourcils. Il sait très bien ce que je voulais dire. « Je sais *ce que* tu es. »

Bien que je ne puisse pas voir son visage, quelque chose me dit qu'il sourit. « Tu as résolu mon énigme ? »

Il s'avance et je mets toute ma volonté à faire reculer mes pieds, mais ils veulent juste aller à sa rencontre. Je n'ai donc pas d'autre choix que de rester immobile et d'être à sa merci, comme toujours ; un état que j'ai appris à aimer. Pour être honnête, j'ai toujours un peu trop apprécié être à sa merci.

Il ne s'arrête pas avant d'être à moins de trente centimètres de moi. Sa présence absorbe l'oxygène directement de mes poumons et le remplace par l'odeur de la forêt juste avant que le chasseur ne se jette sur sa proie.

La largeur lisse de son torse est dans mon champ de vision direct, ce qui me donne encore plus envie de tendre la main et de le toucher. De près, les ombres tourbillonnant sous sa peau me font penser à des flammes qui vacillent juste avant que des volutes de fumée ne s'échappent dans la nuit. Comme avec des flammes, la chaleur qui s'en dégage est agréable, mais on sait qu'on se brûlera si l'on touche.

Je marmonne « oui » et baisse les yeux au sol. Et si j'ai faux et que je me ridiculise complètement ? J'ai passé du temps à faire des recherches sur la signification de son nom et la réponse que j'ai trouvée est la seule chose qui a du sens depuis l'accident.

« Regarde-moi, Lilith », murmure-t-il en relevant mon menton vers lui. Mes muscles abandonnent la lutte pour garder le contrôle et le drap de velours tombe en formant comme une flaque à nos pieds.

« Je ne te vois pas. » Ma voix est si docile. Comment pourrait-il être intéressé par quelqu'un comme moi ?

« Mais moi, je te vois. »

Il n'a jamais rien dit d'aussi vrai. Il me voit plus que je ne me vois moi-même. La peur bouillonne en moi, comme si peut-être, s'il continue de me regarder, il se rendra compte qu'il ne veut plus de moi et que je n'ai rien à offrir.

Il se penche en avant et effleure ma bouche de la sienne. J'inspire pour essayer de capturer son odeur, avec l'envie de rester ainsi pour toujours. Son affection pour moi émane des pores de sa peau et se déverse sur moi, et tout semble parfait.

Il enchevêtre ses doigts dans mes cheveux et nos lèvres entrent en collision avant de se séparer un instant plus tard. « Dis-moi, mon petit monstre nocturne, qui suis-je ? »

J'aspire ma lèvre inférieure avant de répondre : « Tu es celui qui refuse de prendre mon âme. Tu es l'Ange de la mort. »

Un grondement approbateur monte de son torse tandis qu'il repose ses lèvres sur les miennes. « Gentille fille. »

Mes genoux manquent de se dérober à ces mots. Je m'appuie de tout mon poids contre lui simplement pour le sentir sous mes mains. Je ne sais pas exactement qui fait le premier pas, mais nos bouches s'écrasent l'une contre l'autre et mes mains prennent leur indépendance, explorant son corps, tâtant les muscles durs de son dos cachés sous sa peau douce, et je rêve qu'il enlève enfin cette foutue capuche.

Une intense chaleur s'accumule entre mes cuisses et j'essaie de le tirer encore plus contre moi, je ne veux pas un centimètre de vide entre nous.

Letum lâche un « hmm » approbateur et me fait la faveur d'envoyer valser le drap de velours à nos pieds, s'avançant lentement tout en me poussant en arrière jusqu'à ce que je cogne le bord du lit.

Ses mouvements deviennent plus pressants, il embrasse ma nuque comme s'il avait attendu toute sa vie de pouvoir le faire. Malgré ses gestes affamés et son sexe dur pressé contre ma cuisse, tout son corps est rigide comme s'il y avait une bête piégée sous sa peau, prête à me dévorer.

Ses mains chaudes remontent le long de mes jambes et encerclent ma taille tandis qu'il me dévore la nuque. « Il ne te méritait pas. » Sa voix est chargée de désir et brûlante de rage. Cette dualité engendre en moi quelque chose de pervers et je suis à deux doigts de lui demander de répéter avant de me rendre compte exactement de ce qui est sorti de sa bouche.

Les mots éteignent le feu et me dégrisent. Letum se décolle de moi à cause de la très légère pression que j'ai appliquée contre son torse. Je voudrais tant voir son visage afin de deviner comment il se sent.

Je demande : « Pourquoi tu l'as tué ? Ça ne peut pas être juste parce que je sortais avec lui. Je suis sûre que tu l'aurais tué depuis longtemps si c'était la raison. »

Au lieu de répondre, il se met à genoux entre mes jambes. Ma respiration balbutie et j'écarte instinctivement les pieds. Il plante un baiser sur l'intérieur de ma cuisse et j'en oublie presque la question que j'ai posée.

« Je ne l'ai pas tué », corrige-t-il avant de déposer un autre baiser sur mon autre cuisse. « Je ne *tue* pas. J'*emporte.* » Ses grandes mains se mettent à masser ma cuisse, rapprochant mon bassin du bord du lit. « Mais tu as raison, mon sombre amour. Il n'était pas un obstacle pour moi. J'aurais pu te prendre quand je le voulais. »

Mon sang palpite dans mes oreilles étant donné mon cœur qui bat à tout rompre à cause de ses mots et de ses doigts qui remontent lentement ma robe sur mes hanches pour révéler la moiteur qu'il a causée. L'Ange de la mort lâche un sombre « hmm » et détourne son attention de son prochain repas pour la porter à nouveau sur moi.

« Il a levé la main sur toi alors qu'il n'aurait pas dû. Il t'a parlé de manières qui me font regretter d'avoir pris son âme si paisiblement. » Toute trace de désir a disparu de son ton. Je ne l'ai jamais vu si sérieux. « Si c'était à refaire, je le ferais hurler avant de prendre son âme. Des cris qui ne seraient rien comparés à ceux que tu pousseras quand je serai en toi. »

Je me tortille sous ses mains pour essayer de cacher la réaction de mon corps traître face à des mots si violents.

Letum attrape ma nuque pour me descendre à sa hauteur. Mes yeux se focalisent sur ses mains et se délectent de la façon dont les muscles de son avant-bras se contractent à chaque mouvement. La fumée sur sa peau ne recule pas devant moi, comme je l'aurais pensé, mais continue à danser sur son corps. J'étais trop distraite, la dernière fois, pour prêter attention à la façon dont les volutes réagissent à moi.

Ses doigts se resserrent autour de ma gorge, comme s'il savait que je m'étais demandé ce que donneraient ses mains sur moi et qu'il voulait transformer mon souhait en réalité.

« Tu portes encore mon collier. » Sa voix est empreinte de sensualité et de possession et je ne peux pas me retenir de me pencher en avant pour augmenter la pression. Letum se relève juste assez pour tirer ma lèvre inférieure entre ses dents et un gémissement plein de désir m'échappe. « Je vais marquer ton corps et ton âme. »

J'hésite. « Tu... Tu vas prendre mon âme ? » Entend-il à quel point mon ton est rempli d'espoir ? Va-t-il enfin accepter mon offrande ?

« Je l'ai déjà. » Il n'y a aucun doute dans sa voix, mais je ne comprends pas. S'il existe un moyen, qui dépasse ma compréhension de mortelle, par lequel il peut, de fait, posséder mon âme, s'il est possible qu'il ait pu la prendre tout en me laissant en vie, je ne serais pas surprise qu'il l'ait fait.

Malgré la peur qu'il suscite en moi, je n'ai aucun scrupule à le laisser garder mon âme rien que pour lui. Tout dans cette situation semble juste, comme si chaque seconde de ma vie m'avait menée à cet instant, à lui, à nous.

« Mais je veux mourir. » Pour la première fois depuis l'accident, je ne suis pas sûre que c'est vraiment ce que je veux. Parce que ce que je *veux* réellement, c'est être, peu importe où, avec l'homme qui me maintient en vie depuis un an et demi.

Il me caresse la joue. « Même la mort ne t'éloignera pas de moi, mon petit monstre nocturne.

— Je ne peux rien t'offrir. » Je ne sais pas pourquoi j'essaie de le convaincre d'arrêter de m'aimer alors que j'en mourrais véritablement s'il arrêtait.

Il se remet debout puis occupe l'espace à côté de moi sur le lit et me prend sur ses genoux comme si mon poids était insignifiant. « Je n'ai besoin de rien d'autre que *toi*, Lilith. »

Je baisse mon attention sur ma main, qui arrache les petites peaux autour de mon ongle. « Tu ne connais rien de moi. »

Sa main recouvre la mienne pour m'empêcher de me saboter moi-même davantage.

« Oh, mon amour », marmonne-t-il contre mon front avant d'y planter un doux baiser. « Je connais tes espoirs et tes rêves mieux que je ne me connais moi-même. J'ai mémorisé la façon dont le côté gauche de ta bouche se contracte juste avant que tu souries. La façon dont tes sourcils se froncent et comment tu te mords l'intérieur des joues quand tu réfléchis. Oh, ma triste fleur, ton rire est gravé dans ma mémoire. » Il se met à passer ses mains dans mes cheveux. « Je sais que la dernière chose que tu te demandes avant de t'endormir, c'est ce que tu pourrais découvrir à côté de toi au réveil. Tu fais semblant de détester ton boulot, mais secrètement, tu aimes travailler au café parce que tu aimes être entourée de vie. Tes blessures sont plus profondes que les cicatrices que tu portes depuis cette nuit-là. Cette culpabilité qui te ronge d'être celle qui a survécu. »

Je sens qu'il me regarde, mais je ne parviens pas à lever les yeux vers lui. Il m'observe depuis un an et demi, évidemment qu'il sait.

« Je ne connais rien de toi. » Apparemment, il en sait beaucoup sur moi, mais je ne sais pratiquement rien de lui.

Il me tire plus contre lui et blottit ma tête entre son col et sa mâchoire. « Tu sais tout de moi, mon amour. Tu ne t'y donnes simplement pas accès.

— C'est faux, dis-je en contestation. Je ne sais pas quelle est ta saison préférée, le genre de musique que tu aimes, ton moment favori de la journée, je ne connais pas ton apparence réelle, tes loisirs, ton plat préféré. » L'Ange de la mort doit-il manger ? Et dormir ? Comment a-t-il autant de temps pour me suivre partout s'il doit récupérer des âmes – ou peu importe ce qu'il fait ?

Les bras de Letum se retirent et le froid généré par l'absence de son toucher me frappe au plus profond de mon être. Il me redépose sur le bord du lit. Je suis sur le point de me lever pour le regarder, juste histoire qu'il sache que, même si je suis accro à lui, je ne vais quand même pas simplement rester ici, mais il enveloppe ma taille de ses bras avant que je bouge et m'installe sur le lit avec lui.

Il moule nos corps l'un contre l'autre, comme si nous avions déjà fait cela des milliers de fois. Il sait à quel point nous allons parfaitement ensemble. Son membre dur est pressé contre mon cul et il me faut plus de force que je ne suis prête à l'admettre pour ne pas faire rouler mes hanches.

« L'automne. La musique classique. Juste avant que le soleil se lève. Toi. Et toi. » Mon sexe se contracte lorsqu'il commence à effleurer mon ventre du bout des doigts.

Mes joues s'empourprent et chauffent. J'aurais dû deviner que l'automne est sa saison préférée, après tout, c'est la période à laquelle la vie se retire de la nature. « Tu ne m'as pas décrit ton apparence. »

Son rire chaud fait vibrer son torse contre mon dos et il m'embrasse sur le côté du cou. Ce pourrait être mon esprit qui entend ce qu'il veut entendre, mais Letum semble presque fier de moi parce que j'ai remarqué son omission. « Je répondrai à toutes les questions que tu poses. Mais *ça*, tu devras le découvrir par toi-même. »

Prenant sa réponse comme une invitation, je délie nos jambes emmêlées et force nos corps à se séparer. Ses pommettes sont-elles hautes ou basses, ou pile au milieu de son visage ? Sa mâchoire est-elle aussi ciselée que son corps, ou a-t-il un air presque enfantin ?

Lentement, je tends la main vers sa capuche, comme si le moindre mouvement brusque pourrait le faire fuir. Il porte ma main à sa bouche avant même que je ne touche le tissu doux et effleure mes doigts de ses lèvres avant de lâcher un « tss » désapprobateur. « Tu pourras voir lorsque tu ouvriras les yeux. »

Des graines de frustration plantent leurs racines et germent. « Ils sont ouverts », réponds-je d'un ton sec. Je me suis laissé marcher sur les pieds quand Evan m'a manipulée psychologiquement et pourtant, je suis à deux doigts de mordre la main qui m'a empêchée de couler.

« Pas encore, mon amour, mais bientôt. »

Je manque presque de le repousser. Qu'est-ce que c'est censé vouloir dire, bon sang ? Il continue de répéter « bientôt ». Je pense sincèrement qu'il ne m'a jamais menti, mais toutes ces non-réponses commencent à être bien pires que des mensonges. C'est sans doute encore quelque chose qu'il veut que je fasse pour moi-même, comme quand il me pousse à verbaliser mes besoins et mes désirs.

Est-ce parce qu'il s'agit fondamentalement d'un rêve ? Ou se cache-t-il simplement de moi ? Ou alors est-il aussi peu sûr de lui que moi ?

J'essaie de libérer mon poignet de sa prise, mais il ne cède pas. À la place, ma main libre remonte le long de son ventre et se pose là où son cœur devrait être. Sauf que rien ne bat sous ma main.

« Letum. » Son nom sonne si bien sur ma langue. Je me demande s'il trouve aussi. « Je me fiche de ton apparence. Si tu as des cicatrices ou si tu n'as réellement pas de visage. »

Il lâche un « hmm » qui résonne dans mon bras et jusque dans mon cœur qui bat à tout rompre. « Et de quoi ne te fiches-tu pas, mon sombre amour ? »

*De toi.*

J'ai ma réponse sur le bout de la langue, mais je refuse de laisser sortir une seule syllabe. Alors qu'il me cache encore tant de choses. Je change donc de sujet.

« Qu'arrive-t-il aux âmes quand elles meurent ? »

Je crois le sentir sourire. « Je les emmène aux portes de l'au-delà et ce qui se passe ensuite dépend du choix de chaque âme. » Il me mordille le doigt. « Si une âme croit au paradis et à l'enfer, c'est ce chemin qu'elle suivra. Si une âme ne croit en rien, alors le sommeil éternel l'attend. Si une âme croit en la réincarnation, on la retrouvera à nouveau sur Terre, dans cette vie ou dans la suivante. »

Quelles sont mes croyances ? Si je crois que je marcherai dans l'au-delà aux côtés de l'Ange de la mort, est-ce ce qui arrivera ?

En quoi croyaient mes parents ? Ils n'étaient pas ouvertement religieux, mais ils ne démentaient pas non plus l'idée d'un Dieu avec un « D » majuscule ou quelque chose du genre. Dahlia a un jour déclaré qu'elle se réincarnerait en l'un de ses petits chiens de riche qui se font transporter dans un sac à main, mais je ne sais pas quelle est la part de vérité dans cette affirmation.

Comme s'il lisait dans mes pensées, Letum dit : « Je ne sais pas où sont les âmes de ta famille, mon amour. »

Je marmonne « oh » et reporte mon attention sur mes mains. Je fronce les sourcils. « Pourquoi me marques-tu de ces symboles ? »

Il lâche ma main et enroule ses bras autour de moi pour me serrer contre lui, et nous nous câlinons comme de vrais amoureux. Par pur instinct, j'enfouis ma tête dans son torse et glisse mes mains sous sa cape pour les laisser errer sur son dos.

Son odeur se diffuse sur moi, accompagnée d'un sentiment de paix. De toute ma vie, je ne me suis jamais sentie aussi calme et sereine. Je pourrais rester ainsi pour l'éternité sans que la lumière du jour ne me manque. Comment quelqu'un dont je ne connais presque rien peut-il me donner envie de décrocher la lune et les étoiles pour lui ?

« Pour que tu te souviennes de moi quand tu te réveilles », répond-il.

Je ravale une inspiration brusque et mène un débat intérieur pour savoir s'il faut à nouveau changer de sujet pour ne pas devoir admettre la vérité. Après un instant d'hésitation, je lâche : « Je ne t'ai jamais oublié.

— Et tu ne m'oublieras jamais.

— Comment peux-tu en être aussi sûr ? »

Ses doigts tracent des mots d'amour dans mon dos. « Je t'ai attendue une vie entière, ma Lilith. Je ne te lâcherai plus jamais. »

Mes mains bougent de leur propre chef, elles descendent le long de son dos jusqu'à sa taille. Je replie un doigt dans l'ourlet de son pantalon et suis le chemin jusqu'à arriver devant. Son sexe se durcit et pousse contre mon ventre tandis qu'il prend une inspiration précipitée.

Mon excitation s'accumule tout en bas dans mon ventre, du fait de savoir que j'ai sur lui un effet aussi profond que lui sur moi.

Je serre entre mes doigts le nœud de son pantalon, prête à tirer dessus pour le défaire, lorsque Letum arrête mon mouvement une fois de plus. « Pas ce soir, mon amour. On aura toute l'éternité pour explorer mutuellement nos corps. *Ce soir*, tu as besoin d'être cajolée. »

Je le supplie : « S'il te plaît. »

Il se tend mais ne me relâche pas. Le silence me rend ivre de désir. J'ai besoin de sentir son sexe dur alourdir mes mains ou taper au fond de ma gorge jusqu'à ce que je voie les étoiles. J'ai besoin qu'il me remplisse si complètement, de sorte qu'il n'y ait plus d'espace dans mon esprit pour autre chose que lui. J'ai besoin de me sentir vivante. Ce n'est même pas nécessaire qu'il se décolle de moi. Il n'y a pas besoin du moindre espace entre nous pour qu'il puisse s'enfouir en moi.

Que dirait Dahlia si elle savait que je supplie l'Ange de la mort en personne de me baiser quelques heures après qu'il a pris l'âme d'Evan ? Indépendamment de ce qu'elle pourrait penser, je ne parviens pas à y accorder d'importance. Rien d'autre ne compte que Letum et moi.

Je gémis : « S'il te plaît. »

Un grognement d'avertissement tonne dans sa gorge. « *Putain*, Lilith. Tu ne comprends pas, hein ? »

Ma peau est trempée de feu liquide et je gigote sous lui ; l'air est empli de mon excitation bouillante et l'espace entre nous, chargé de nos désirs ardents. Je crache : « Quoi ? »

S'il savait tout ce qu'il se passe entre mes jambes, je suis sûre que nous ne serions plus en train de discuter. J'ai là une de mes rares chances d'apprendre à le connaître et tout ce que je veux, c'est le sentir en moi. Qu'est-ce que cela dit de moi ?

Il plaque brutalement ses lèvres contre les miennes et me dévore dans un baiser bouleversant. Malgré tout, ses mains restent posées sur ma taille. « Tu me gouvernes. Pas juste mon cœur, mais *tout* de moi. »

Je fais glisser mes dents sur sa lèvre avant qu'il n'ait l'occasion de rompre le baiser. « S'il te plaît, Letum. Je veux juste *ressentir.* »

La seconde d'après, son poids est sur moi et ses doigts disparaissent en direction de mon bas-ventre ardent. « Putain », grogne-t-il en les enfonçant dans mon sexe brûlant. « Tu mouilles tellement pour moi, mon amour. »

En retenant mon souffle, je le regarde retirer sa main de mon entrejambe et la placer dans l'espace entre nous. Ses doigts mouillés étincellent dans la lumière et il grommelle d'approbation en léchant mon goût une nouvelle fois. « Oui, affirme-t-il d'une voix grave et enflammée. Tu es bien mon plat préféré. »

*Oh mon Dieu.*

« Ne t'arrête pas », dis-je d'un ton suppliant.

Il me dévore dans un nouveau baiser, mon goût encore doucereux sur sa langue. Ses doigts musclés caressent délicatement mon clitoris, comme s'il savait déjà comment me faire chanter des vocalises. Il avale mon cri et se place sur l'un de ses coudes avant d'agripper ma gorge de façon possessive.

« Mon amour, dit-il, le souffle court. Tu es absolument sublime quand tu utilises tes mots. Tu sais ce qu'il se passe si tu es sage ? »

J'essaie de m'empêcher de fermer les yeux et de me perdre dans les sensations tandis qu'il dessine des cercles autour de mon clitoris avec une précision d'expert qui me fait presque oublier à quel point je me sens vide sans lui en moi. « Quoi ? »

Je reprends brusquement mon souffle au moment où ses doigts se courbent à l'intérieur de moi, atteignant instantanément le bon endroit. « Tu es récompensée. »

Ses doigts épais font des va-et-vient dans mon sexe, il ne m'étire pas autant que la semaine précédente, mais ne me laisse pas moins euphorique. Je creuse le dos à son contact tandis que sa main se serre sur ma gorge et me prive doucement encore plus de mon souffle tout en faisant taire mes gémissements. Serait-ce malvenu de demander que son ombre se joigne à nous ?

Petit à petit, l'oxygène n'est plus une nécessité, mais devient une denrée et brûle mes poumons d'une chaleur agréable.

« Tu veux jouir ? »

J'acquiesce du mieux que je peux, vu sa prise sur ma gorge, tout en écartant davantage les cuisses pour prendre encore plus de lui en moi. Mes paupières se ferment de leur propre chef alors que mon corps devient aussi léger que l'air.

« Tu sais ce que tu dois utiliser. »

*Mes mots.*

« Je veux jouir. » Les mots sont un murmure à peine audible, mais le gémissement est celui d'une femme sur le point de mourir d'extase.

Ses va-et-vient deviennent plus brutaux, ils touchent la zone qui fait exploser les étoiles. « Alors, prends vie pour moi ! »

Son pouce fait tourbillonner le point qui cherche désespérément du frottement. Chaque parcelle de mon être se fracture et s'effondre tandis que mon orgasme me transperce. L'air se précipite dans mes poumons comme un feu de forêt se propage et je cherche avidement mon souffle, essayant de surfer sur les vagues de la jouissance du fait qu'il ne calme pas son assaut.

Je crie et je jure, le suppliant d'arrêter tandis que des décharges électriques se propagent dans mon système, comme un câble sous tension qui fait des étincelles. Pile quand je me dis que je peux à nouveau respirer, Letum se met à plat ventre entre mes cuisses et lèche le chaos que j'ai causé.

Il prend mon clitoris entre ses dents et replonge ses doigts en moi.

Je martèle « putain, putain, putain, putain » alors que mon corps et mon esprit ne parviennent plus à comprendre quoi que ce soit.

Oh, mon Dieu, il va me tuer s'il continue.

Je me plie et essaie de glisser les mains sous sa capuche pour attraper ses cheveux, mais il m'arrête d'une poigne mortelle et m'immobilise tandis qu'il me nettoie avec sa langue. Ses grognements d'approbation et de désir font vibrer mon bas-ventre sensible et m'arrachent un nouveau cri à déchirer le ciel.

Il retire ses doigts et vient poser son poids sur ma poitrine avant d'essuyer les restes de mon désir sur mes lèvres.

« Goûte ce que je déguste », ordonne-t-il.

Je suis trop étourdie de plaisir pour faire autre chose qu'obtempérer, je tire la langue et lèche ses doigts pour les nettoyer de moi. Puis je remarque un anneau en or à sa main, de la même épaisseur et avec la même inscription que celui qu'il m'a donné. Il le porte au même doigt que moi.

« Tu es mienne, Lilith. Tu m'appartiens. »

# 9
# Lilith

Cela fait trois jours que Letum a emporté Evan. Entre-temps, les parents d'Evan ont réussi à organiser un enterrement à la hâte et j'ai à peine quitté mon lit. Jusqu'à maintenant. Où la mort plane dans l'église, mais il ne s'agit pas de *mon Ange de la mort*.

La culpabilité m'a vissée au lit. Pas pour ce dont je suis *censée* me sentir coupable. J'ai le sang d'Evan sur les mains. Je suis en vie et pas lui.

Que se serait-il passé si je ne m'étais pas assise sur le siège du milieu, en voiture, cette nuit-là ? Si je m'étais installée sur le siège derrière le conducteur, comme à mon habitude ? Cela ne me ressemblait pas, de me mettre au milieu, parce que je détestais le rembourrage dur à cette place. Et j'ai toujours estimé que j'en voyais trop, à cet endroit. Pour une raison que j'ignore, cette nuit-là, entre toutes les nuits, j'ai eu envie de m'asseoir au milieu.

La petite voix dans ma tête me dit que c'était le destin. Pour que je rencontre Letum. Mais je ne sais pas si cette voix tient ces propos uniquement parce que je n'ai pas pris un seul cachet depuis la mort d'Evan.

Ma mère disait souvent que c'est le destin qui a fait que j'ai décroché un emploi avant même d'avoir obtenu mon diplôme. Elle a dit que c'était le destin quand on lui a diagnostiqué un cancer du côlon au stade quatre un mois après que mon père est mort de cette même maladie. Elle disait que le destin avait été bon envers elle en lui donnant des jumelles, car ainsi, Dahlia et moi ne serions jamais seules.

Va chier, le destin ! J'ai envie de cracher et de rager contre tant d'injustice.

Je me demande si la fille aux cheveux noir obsidienne pense que c'est le destin qui fait qu'elle a trouvé un homme pour ensuite le perdre. Je l'ai entendue dire à Carol, la mère d'Evan, qu'elle était proche de son fils. *Olivia*, s'est-elle présentée. Elles se sont prises dans les bras en sanglotant comme de vieilles amies. La femme aux cheveux noir obsidienne – *Olivia* – ne porte pas de cardigan bleu, cette fois, mais une robe noire ajustée. Evan aurait adoré cette robe.

Je la regarde du coin de l'œil, près de la porte des toilettes. Les gens se mettent en file indienne pour présenter leurs condoléances aux membres de la famille et elle se tient à côté d'eux, comme si elle était la tenante du titre de la « copine ». De ce que je sais, elle portait peut-être ce titre aux yeux de tout le monde, mais pas aux miens ni à ceux des parents d'Evan.

Est-ce que le fait de se tenir là où je devrais être l'aide à faire son deuil ? Elle n'a pas eu les mois que j'ai eus pour pleurer Evan, je suis sûre que je ne peux que me considérer comme chanceuse. Et maudite.

Certaines personnes me font un signe de tête, d'autres me lancent ce même regard pitoyable que je n'ai cessé de voir depuis l'accident. Lorsque Nate me regarde, la culpabilité n'est pas cachée sous la compassion ; il n'y a cette fois que de la pitié dans ses yeux. Il savait ce que faisait Evan et il ne m'a pas dit. Il a entendu Evan me traiter de folle. Voilà où tout cela nous a menés.

Les autres colocataires d'Evan sont en ligne derrière Nate. Ils savaient tous et n'ont rien dit. Leur dos se raidit ou se crispe sans exception lorsqu'ils voient Olivia avec la famille et moi, seule dans un coin. Ils me sourient docilement avant de se dépêcher d'aller prendre leur place dans une église en laquelle Evan n'avait aucune foi.

Personne n'a osé mentionner le sujet tabou : sa mort par overdose. Tout le monde a déclaré des trucs du genre qu'il était tellement plein de vie et un jeune homme si exemplaire.

Pour être *exemplaire*, il aurait fallu qu'il ne touche pas à la drogue. Pour être *exemplaire*, il aurait fallu qu'il ne manipule pas psychologiquement sa « copine ».

Il fut une époque à laquelle il était *exemplaire*. L'accident l'a rendu mauvais – non, pas mauvais, mais *brisé*. Evan était mon ancre, sauf que la corde était trop courte et que j'étais sans cesse entraînée sous l'eau. Maintenant, la corde a été coupée et, avec le temps, mon corps se décomposera et flottera à la surface. Je ne suis pas sûre que ce soit scientifiquement possible. La science n'a plus de sens depuis que l'Ange de la mort est entré dans ma vie.

Tout à l'heure, Carol est venue vers moi et m'a dit : « Ça doit être si dur. Tu perds toute ta famille et ensuite, l'homme avec qui tu allais faire des enfants. »

Je me suis mordu la langue et je lui ai souri parce qu'il n'y avait rien que je puisse dire. J'étais à deux doigts de lui déballer la vérité sur comment était son fils, mais j'ai décidé de garder mon atrocité pour moi. Chacun peut pleurer et faire son deuil avec les derniers souvenirs qu'il a d'Evan. Je le ferai moi aussi, sauf que je ne vis pas mon chagrin comme une souffrance. Je le vis comme une libération.

Je m'appuie contre le mur pour m'aider à tenir debout lorsqu'une décharge dans mon cerveau me rend momentanément inutile. Les nausées ont commencé ce matin. Je n'ai pas besoin de la doctoresse Mallory pour m'expliquer les effets secondaires liés à l'arrêt de mes médicaments, d'autant plus que je n'ai pas diminué progressivement, mais que j'ai arrêté complètement de les prendre. Un *sevrage à froid*, comme ils disent.

Le culte commence et toutes les personnes restées dans le foyer vont prendre place sur l'un des nombreux bancs de l'église. Comme la nuit de l'accident avec le siège du milieu, je ressens le besoin de rester en retrait et d'attendre dans le foyer.

Ma peau se couvre de chair de poule lorsque la musique retentit et que l'odeur réconfortante de la mer se répand doucement dans mon âme. Je ne sais pas ce qui est le plus douloureux : le fait qu'Evan soit mort ou que Letum ne m'ait pas contactée depuis que j'ai été emportée par le plaisir sur ses doigts. Une fois de plus.

Lorsque je fais volte-face, mon ventre se tord.

Il n'est pas là. À la place, je jure voir Dahlia du coin de l'œil. Quand je me retourne, elle n'est pas là.

J'agrippe fermement mon téléphone et ouvre notre discussion.

Moi

Où es-tu ?

Je fixe le téléphone, attendant une réponse qui ne viendra pas.

Ravalant ma peine, je force mes jambes à bouger et à m'emmener vers un banc pour déplorer la perte d'un homme dont j'ai déjà fini de faire le deuil. Les yeux rivés sur le cercueil, devant le lutrin, je me languis de l'homme qui n'a pas voulu prendre mon âme.

***

Mon appartement est une prison dont les portes ne sont pas verrouillées. Je n'ai pas envie de franchir les barreaux et de succomber au cycle sans intérêt d'une vie dénuée de sens.

Chaque matin, je me réveille en espérant trouver un parchemin brun glissé à côté de ma tête, mais il n'y en a pas. Malgré la douleur, je me force à aller au travail.

Deux semaines. *Deux.* Pas une seule lettre qui dit qu'il sera absent quelque temps ou qu'il y a un afflux d'âmes à récupérer. *Rien.* Pas même une stupide fleur.

Letum a dit qu'il ne me lâcherait jamais. Il n'a pas dit que c'était parce que je m'accrocherais à lui. Pourquoi est-ce que je pleure la perte de Letum, qui *est* la mort, plutôt que celle d'Evan, qui est *mort* ?

Je n'ai pris aucun des médicaments de la doctoresse Mallory depuis le jour où Evan est mort. Au départ, c'était juste parce que je ne savais pas vraiment si Letum avait remplacé les cachets. Ensuite, c'était parce que je me suis dit que cela me permettrait peut-être de le voir dans mes rêves. Et après, je n'avais plus le choix parce que tous les flacons ont disparu.

Un coup de l'Ange de la mort, j'imagine.

Il peut donc m'ôter les médicaments qui tiennent mes émotions à distance et, à la fois, m'ôter la seule chose qui me gardait saine d'esprit.

Au moment où j'ai le plus besoin de lui.

Je m'agrippe au comptoir quand une nouvelle décharge dans mon cerveau me secoue et crispe mon corps en même temps qu'elle le détend. Espérons que personne n'ait rien remarqué.

Je n'ai pas eu d'autre choix que de me faire porter pâle la semaine et demie qui a suivi l'enterrement. Le sevrage m'a frappée de plein fouet et je me suis retrouvée au-dessus des toilettes, à avoir des haut-le-cœur sans que rien ne sorte, et clouée au lit, à moitié comateuse, tandis que de nouvelles décharges cérébrales me paralysaient momentanément.

Sans salaire et sans les contributions financières de Letum, je ne peux pas me permettre de racheter mes médicaments. L'argent qui me restait de Letum a fait office de tampon, ce qui veut dire que je peux encore payer le loyer et l'électricité et avoir de quoi manger, si je fais l'effort de sortir pour acheter de la nourriture. Je peux donc être reconnaissante au moins pour cette raison.

Du coin de l'œil, j'aperçois Brit qui me jette un nouveau regard plein de pitié. Comme tous mes collègues. J'en ai tellement marre que tout le monde me regarde comme si j'étais cassée. Je les ai entendus discuter du fait que j'avais perdu tout le monde.

Je n'ai pas de famille à proprement parler et pas d'homme pour réchauffer mon lit. Ce n'est pas comme si Evan réchauffait mon lit avant sa mort.

La journée passe comme toutes les autres : je souffre pendant mon service tandis que mon casier reste vide et mon appartement, inoccupé par la mort.

Letum m'a maudite de plus d'une façon parce que maintenant, je ne peux plus utiliser les recoins de mon esprit pour fuir. Maintenant, les larmes ne font pas que s'accumuler dans mes yeux, elles coulent et ne s'arrêtent pas de couler. Chaque soir, je mouille mon oreiller de sanglots en me disant que pleurer fera peut-être disparaître ma douleur. Chaque soir, mes pleurs deviennent plus forts, comme si Letum allait peut-être m'entendre et décider de revenir.

Il ne revient pas. Pas une seule fois. Je commence à me dire qu'il ne reviendra jamais.

Quand je m'endors, il ne me rend pas visite dans mes rêves, malgré mes appels. Au lieu de quoi, je suis torturée par le souvenir de l'accident. Par le souvenir de la perte de ma sœur.

Avant, je pensais être brisée, mais maintenant, j'ai l'impression de me briser tout entière à nouveau. L'un après l'autre, des morceaux de moi se détachent et tombent. Je suis hantée par la prise de conscience bouleversante de ce que c'est d'être absolument seule.

# 10
# Letum

Elle pense que je l'ai abandonnée.
Je ne pourrais *jamais* l'abandonner.
Elle pense que je l'ai jetée hors de ma vie.

Je préférerais encore me rendre dans l'au-delà plutôt que la laisser tomber.

Chaque soir depuis trois semaines, je m'assois au pied de son lit et regarde ses larmes imbiber son oreiller. Elle le serre fort contre sa poitrine tandis que son cœur s'écoule au sol et inonde la nuit de son chagrin. C'est un combat des plus cruels, d'être assis à regarder. Je dois m'empêcher de retirer l'oreiller pour être celui qu'elle serre fort contre elle afin que ses larmes imprègnent *mon* âme.

Mon cœur mort-vivant vole en éclats chaque fois que je la vois. Les yeux de mon beau monstre nocturne sont remplis de douleur et de manque, et plus de ce vide dans lequel elle avait disparu.

C'est trop dur de la voir dépérir ainsi, mais je sais que c'est nécessaire. Elle doit surmonter cette épreuve pour que nous sachions tous deux qu'elle m'accepte pleinement et entièrement. Ses yeux doivent s'ouvrir et elle doit se souvenir. C'est le seul moyen pour nous d'avancer.

Je veux lui suffire en tous points. Je le ferai. Elle ne manquera de rien et vivra pour l'éternité à mes côtés. Ma Lilith ne sera plus jamais seule parce que nous serons là l'un pour l'autre, à jamais. Mon parfait alter ego. Mon petit monstre nocturne.

Incapable de rester sans rien faire à la voir dans sa détresse, je continue à lui écrire. Lui promettant que je ne l'abandonnerai jamais, lui rappelant sa force et sa beauté. Elle n'a pas remarqué que les placards de sa cuisine n'ont pas désempli malgré le fait qu'elle n'est pas allée faire des courses depuis trois semaines. Elle ne s'est pas non plus rendu compte qu'elle n'a pas eu besoin de nettoyer son appartement une seule fois.

Je me suis dit que je la laisserais seule pour qu'elle guérisse, mais je suis un homme faible.

Elle ne comprend pas réellement l'ampleur de son emprise sur moi. Elle affaiblit chaque parcelle de mon être et me donne envie de devenir autre chose que juste *la mort*.

Lilith prend une grande inspiration, avachie sur le volant de sa voiture pendant qu'elle laisse couler une unique larme. Sur les trois derniers jours, il n'y en a pas un seul où elle n'a pas versé au moins une larme au travail. Lilith est peut-être ma plus grande faiblesse, mais ce sont ses sanglots qui tueront la mort elle-même. Je dois chaque fois m'empêcher de sécher ses larmes, de l'embrasser absurdement jusqu'à ce qu'elle en oublie le futur, le passé et le présent. Jusqu'à ce qu'elle ne puisse penser à rien d'autre que moi.

Je veux que ma petite tempête soit plus qu'un amas de nuages. Je veux qu'elle soit les éclairs qui fendent les arbres. Elle sera aussi le tonnerre qui s'ensuit, à faire trembler les maisons et crier les enfants dans leur lit. Elle porte le nom de la mère des démons ; elle ne fera que prospérer.

Lilith essuie l'unique larme sur sa joue et se rassoit bien droite dans son siège. Elle relève haut son menton, comme pour faire croire qu'elle ne vient pas de pleurer.

Mon lys commence à éclore. C'est le spectacle le plus merveilleux.

Le moteur s'anime en grondant et je la regarde, depuis le siège passager, sortir de sa place de parking du travail et s'engager dans la direction opposée à chez elle.

« Où vas-tu, mon petit monstre nocturne ? » dis-je, bien qu'elle ne m'entende pas.

Les immeubles se font moins nombreux et sont remplacés par des pins et des buissons sauvages. Les minutes passent tandis que nous nous éloignons de la ville, jusqu'à ce qu'elle ralentisse et tourne en direction du cimetière.

*Oh.* La petite fleur est venue faire ses adieux.

Elle coupe le contact, mais ne sort pas de la voiture, elle regarde simplement droit devant elle, comme si elle remettait en question sa décision. Je glisse une caresse sur sa joue dans une vaine tentative de la pousser à faire ce qu'elle doit faire.

Je l'attendrai une vie entière. Ce qui ne veut pas dire que je m'oppose à la revendiquer le plus tôt possible.

Ma tempête du bout de la nuit fait tourner la bague que je lui ai donnée et tire sur le collier, comme pour s'assurer qu'il est encore là. Je n'arrive pas à discerner ce qu'elle ressent quand elle le regarde, je ne sais pas si elle le voit comme une force ou comme une faiblesse.

Sa voiture grince lorsqu'elle ouvre la porte avant de se diriger vers les tombes cachées derrière la rangée d'arbres. Depuis qu'elle est sortie de son coma, elle n'a pas mis les pieds au cimetière Millyard. Elle n'a jamais fait ses adieux à sa sœur, ni ne s'est recueillie sur la tombe de ses parents. Quand Evan est mort, elle a refusé de suivre le corbillard jusqu'à l'endroit où il allait être enterré.

Lilith garde la tête droite en marchant sur les feuilles mortes, elle renifle doucement, avance jusqu'aux trois pierres tombales. Elle fait abstraction de l'herbe mouillée et se laisse tomber au sol entre sa mère et sa sœur. Je me mets par terre face à elle.

Des oiseaux gazouillent sur des pierres tombales autour, remplissant le silence. Les lèvres de Lilith se tordent comme si elle essayait de trouver les mots justes.

Elle murmure : « Salut. » Le silence emplit l'air tandis que des milliers de mots passent dans ses yeux. « Ça fait longtemps. » Elle rit dans un souffle en fixant le sol et secoue la tête. « Ce n'est pas comme si j'avais été occupée, je... » Elle relève la tête et cligne des yeux pour retenir ses larmes. « C'est juste que j'ai traversé une période difficile. »

Le sol autour d'elle vibre et un silence stoïque recouvre le cimetière. Les portes de l'au-delà se sont ouvertes pour laisser les esprits l'entendre.

« Ta famille est là, mon amour. Exprime-toi comme tu en as envie. »

Elle croise les jambes, elle ne sait pas qu'elle a réuni un public. « Je suis désolée de ne pas être venue plus tôt. » Abandonnant la lutte, elle laisse les larmes couler librement sur son visage tandis qu'elle arrache les petites peaux autour de ses ongles. « Je n'ai aucune excuse valable à donner. Et je suis tellement désolée. Je sais que tu ne serais pas déçue de moi. C'est juste que... » Elle s'étouffe dans un sanglot. « Ça fait tellement mal, putain. »

« Depuis que je me suis réveillée à l'hôpital, je ne me suis pas laissée ressentir la douleur de t'avoir perdue. J'ai pleuré. J'ai fait mon deuil. Mais je n'ai jamais ressenti la douleur. Et maintenant que je le fais, je n'arrive plus à respirer. » Tout son corps tremble. J'en suis brisé. Je veux la prendre dans mes bras, je veux qu'elle sache que je suis juste là et qu'elle n'est pas seule dans cette épreuve. Mais c'est l'une des raisons pour lesquelles j'ai dû rester en retrait. Elle doit justement traverser seule cette épreuve. « Je n'arrive pas à respirer en sachant que tu es partie. Que tu ne reviendras jamais. Et c'est insupportable. »

Elle essuie ses larmes du revers de la main et appuie son front contre la pierre tombale de Dahlia. « Tu me manques tellement et je ne suis pas complète sans toi. J'ai essayé de te retrouver. Vraiment. J'ai essayé de toutes mes forces, Dahlia. Même si je savais que ce n'est pas ce que tu aurais voulu. Je n'étais pas prête à te dire au revoir. Tu n'arrêtais pas d'apparaître dans le coin de ma vision. Et je sais que c'est parce que tu as tout autant besoin que moi de dire au revoir. » Les larmes ruissellent dans sa bouche, mais elle ne les essuie pas. « Je ne voulais pas accepter que tu sois partie pour toujours. Je savais que tu n'étais pas en vie, mais je poursuivais ce rêve que nous soyons réunies et c'était la seule manière pour moi d'avoir un “tout est bien qui finit bien”. Mais la vérité, c'est que ce n'est pas la fin dont j'ai besoin. »

Mon lys n'est pas juste en train d'éclore mais fleurit à tout va. Une fierté et une joie immenses coupent court à ma tristesse. Nous serons ensemble bientôt.

« Vous, maman et papa, vous voudriez que je vive. Mais je ne peux pas faire ça. Je ne peux pas juste *vivre* et passer à autre chose et vous oublier. Je suis désolée, mais je ne peux tout simplement pas. » Elle secoue la tête. « À la place, pour vous, je vais survivre. » Lilith passe ses doigts dans ses cheveux et lâche un soupir épuisé. « Je vais survivre à ma manière. Je vais me fortifier, je ne sais pas encore comment. Mais je vais le faire, c'est promis. »

Je la regarde avec curiosité tandis qu'elle enlève la bague en or. Elle la fixe pendant un long moment, jusqu'à ce que ses larmes sèchent et que le soleil soit sur le point de se coucher. Un minuscule sourire orne ses lèvres. J'ai envie de capturer l'étincelle dans ses yeux et de la mettre là où devrait être le soleil.

« Dahlia, j'ai rencontré quelqu'un. » Elle laisse échapper un petit rire, comme si sa sœur était juste à côté d'elle, bien vivante. « Enfin, c'est *lui* qui m'a rencontrée, en réalité. Tu l'as rencontré, toi aussi. » Elle décroise les jambes et s'adosse à la pierre tombale. Je n'ai jamais vu ses yeux briller autant. « Il a une morale discutable, mais je pense que tu l'aimerais bien. Pour te plaire, il fallait t'offrir de jolies choses. Il fait beaucoup ça, lui. »

Son sourire doux s'estompe légèrement, mais malgré tout, elle continue de parler comme si elle discutait avec une amie. « Oh, et Evan est mort. Le gars dont je viens de te parler l'a emporté. J'étais fâchée, au début, mais maintenant, je me rends compte que la mort est la progression naturelle de la vie. » Lilith soupire. « Evan a fini par être un connard, mais ce n'est pas la question. L'accident l'a brisé lui aussi. »

Le soleil plonge sous l'horizon et pourtant, elle continue de parler à sa sœur, lui raconte ce que leurs amis sont devenus, lui parle de son travail au café, de son petit appartement et de ce que c'est de vivre sans sa moitié.

Lorsqu'il n'y a plus que la lune pour éclairer son chemin, elle dépose un baiser au sommet de chacune des trois pierres tombales puis retourne à sa voiture.

Je m'étais dit que je lui laisserais au moins un mois. Trois semaines sont passées et elle n'est pas encore prête, son âme est encore bloquée.

Elle a besoin d'espace pour grandir et guérir. Mais j'ai fait une promesse à mon sombre amour : elle sera récompensée si elle est sage.

Et je suis avant tout un homme de parole.

# 11
# Lilith

Après plus d'un an de thérapie, c'était la première fois que je me sentais mieux après avoir parlé. Je n'aurais aucunement été capable de le faire plus tôt parce que je n'étais pas prête à accepter le passé.

La vérité, c'est que j'ai survécu. Que je l'aie voulu ou non. Même si la seule raison qui fait que j'ai survécu aussi longtemps est que Letum n'a pas voulu m'emporter, il n'en reste pas moins que je suis vivante. *Vivre*, c'est une tout autre question.

Mon corps me semble tout léger lorsque je monte les escaliers qui mènent à mon appartement. Le pire du sevrage des médicaments est passé et j'ai désormais des décharges cérébrales tout au plus une fois par jour.

Je ne savais pas ce qui était pire entre ressentir absolument tout ou ne rien ressentir. Je me rends compte maintenant que je pourrais tout aussi bien me demander si je préférerais voir tout ou ne rien voir, qu'on me dise la vérité ou qu'on me mente. La préférence ira toujours à l'option qui permet d'éviter la souffrance. Vivre dans l'illusion ne fera que mettre un pansement sur mes plaies, mais ne les guérira pas.

Mon appartement est plongé dans la pénombre lorsque j'y entre et mon estomac gronde. Je soupire le poids de mille respirations tandis que je me prépare machinalement un repas que je vais sans doute avaler sans savourer.

Le tabouret de bois rembourré grince quand je pose mon poids dessus et je manque presque de tomber en me replaçant mieux. J'enroule les spaghettis autour de ma fourchette et la soulève pour refroidir ma bouchée. Mes sourcils se froncent lorsqu'un son à peine audible se fait entendre dans mon appartement.

Je plisse les yeux avant de les fermer pour déterminer la nature du son. On dirait presque… un gémissement ?

Les pieds du tabouret crissent sur le parquet et le coussin pivote au moment où je me relève pour essayer de localiser le bruit. Il provient de mon appartement, quelque part.

Mes ongles dessinent des croissants de lune dans ma paume tandis que je suis le bruit jusqu'à ma chambre, d'un pas hésitant. Plus je m'approche et plus je suis certaine qu'il s'agit assurément des gémissements d'une femme.

Mon cœur mièvre manque un battement à l'idée que Letum m'a peut-être déposé quelque chose. Même si c'est un cadeau foireux. J'essaie de me débarrasser de cette sensation, étant donné que je suis censée lui en vouloir de m'avoir abandonnée. Je déteste l'admettre, mais me laisser seule pour me forcer à faire face à mes émotions était la meilleure chose qu'il ait pu faire pour moi. Je n'aurais pas été capable de voir Dahlia et mes parents sans cela.

Une lumière artificielle grise éclaire ma chambre depuis le bureau, pile d'où sort le bruit de gémissement. Mon ordinateur s'est-il fait pirater et j'ai une vidéo porno qui est apparue ? Non, ce n'est pas possible. Je n'ai pas utilisé mon ordinateur depuis un bon moment.

Je me rapproche doucement en essayant de guigner par-dessus la chaise de bureau. À première vue, la vidéo est granuleuse, comme si elle avait été réalisée avec une vieille caméra. Puis, je distingue les formes dans l'image : des tables de nuit blanches assorties avec une poignée qui manque, des lampes de chevet tactiles de seconde main, une différente de chaque côté, une tête de lit en tasseaux de bois et des draps d'un blanc impeccable avec une couette verte roulée en boule au bas du lit.

J'ai vu cette chambre des centaines de fois.

C'est *ma* chambre. Les gémissements viennent de *moi*. Du *babyphone* vidéo.

À l'écran, mes bras sont posés sur le lit au-dessus de ma tête et je gémis en remuant les hanches. « Letum ! » Je crie dans la vidéo tandis que tout mon corps se tord. Mais personne d'autre n'apparaît dans l'image.

La date estampillée sur l'enregistrement est la même que la nuit où j'ai rêvé de Letum dans une forêt.

La vidéo clignote puis je suis à quatre pattes, la bouche grande ouverte, à faire des bruits de déglutition pendant que mon corps tressaute vers l'avant, comme si des doigts invisibles faisaient des va-et-vient en moi. Parce que c'était le cas. De ceux de l'âme de Letum.

Depuis tout ce temps, c'était *lui*. Letum coupait les enregistrements directement sur le *babyphone* vidéo et les gardait pour lui. Oh mon Dieu. Il doit y avoir des centaines d'heures de film de moi qu'il a conservées. Ou peut-être de lui, de nous.

De la chaleur se déverse dans mes veines au souvenir de cette nuit-là. A-t-il revisionné les vidéos pour prendre son pied ? Mon Dieu, et s'il y a des rêves dont je ne me souviens pas ?

Mon cœur rate un battement lorsque je remarque un parchemin brun roulé à côté de l'ordinateur. Trois semaines sans lettres ni aucune communication. Et il choisit précisément ce jour pour prendre contact ?

Je ne perds pas de temps, saisis la lettre et la déroule comme si ma vie en dépendait.

*Comme je me languis du goût de la nuit. Comme je me languis du son de la tempête. Je viens te chercher, mon amour. Dès lors que j'ai pris une bouchée, tu es mienne jusqu'à ce que l'éternité s'achève.*

L'excitation qui s'accumule entre mes cuisses ne fait que croître. J'essaie de faire comme si le message ne m'affectait pas, mais je retourne en hâte dans la cuisine pour engloutir mon repas, oubliant totalement le fait qu'il ne m'avait pas contactée depuis des semaines.

Le verrai-je dans mes rêves cette nuit ? L'ombre viendra-t-elle ?

Je suis obnubilée par ce qu'il pourrait se passer quand je dormirai et grisée par la phrase : « Je viens te chercher. » Il l'a déjà dite par le passé et, chaque fois, ces mots sonnent comme une promesse. Cette fois, on dirait un compte à rebours.

J'attends impatiemment l'heure du coucher et l'excitation coule dans mes veines tandis que je me dépêche pour aller au lit aussi vite que possible. Je n'avais pas été aussi frénétique depuis tellement longtemps que j'avais oublié comment c'était.

L'eau de la douche est froide les trente premières secondes puis se met à chauffer progressivement. Ce n'est pas une douche particulièrement petite, deux personnes peuvent s'y mettre sans problème. Mais ce n'est pas comme si j'avais pu l'expérimenter.

L'eau chaude coule en cascade sur mon corps et soulage mes muscles fatigués. La pulsation entre mes cuisses brûle de désir lorsque je repense à la vidéo et à la nuit où elle a été prise. Y pense-t-il autant que moi ? Qu'est-ce que cette ombre pourrait me faire d'autre ? Je sais que je devrais être fâchée parce que c'est une atteinte à ma vie privée, mais tout ce que cette nouvelle me fait, c'est me troubler.

Mes mains descendent sur ma peau brûlante et trouvent la zone qui demande tant à être soulagée. Je me mords la lèvre tout en dessinant des cercles autour de mes chairs sensibles. Je suis bien trop impatiente pour attendre jusqu'à ce que je dorme et je ne supporte pas l'idée qu'il puisse ne rien se passer dans mon rêve cette nuit.

Ma respiration hoquette au moment où je glisse un doigt en moi, m'imaginant que c'est l'un des siens. Ou l'un de son ombre, je ne suis pas difficile.

Un pressentiment me chatouille la nuque une fraction de seconde avant que je me retrouve plaquée contre le mur. La fraîcheur du carrelage mord mes mamelons brûlants de désir et envoie des étincelles dans mon bas-ventre. Je halète dans l'air vaporeux et m'imprègne de l'odeur de rosée matinale.

Les doigts de Letum se faufilent dans mes cheveux, gardant mon regard fixé sur le carrelage blanc. Letum n'hésite pas lorsqu'il passe son bras autour de moi et plonge ses doigts dans mon sexe. Le plaisir me met en pièces et je crie en rejetant ma tête en arrière, sur son épaule.

« Tu m'as tellement manqué, mon amour », crache-t-il à mon oreille. Il se plonge encore plus profondément en moi, ce qui fait frémir tout mon corps. « Quel bonheur de rentrer à la maison ! »

Comment peut-il penser que quelqu'un bardé de cicatrices est la « maison » ? Comment peut-il me voir et ne pas fuir ? À la place, la bite turgescente de l'Ange de la mort est pressée contre mon cul sans la moindre épaisseur de tissu entre nous. Peut-être qu'à ses yeux, je n'ai aucune cicatrice, ou peut-être que j'en ai et qu'il pense qu'elles aussi sont belles.

J'essaie de remonter mes hanches sans perdre le plaisir étourdissant que ses doigts me procurent et je sors mon bras coincé sous moi pour le monter vers sa tête afin de sentir s'il porte une capuche.

Il lâche mes cheveux pour m'administrer une fessée brutale. Les marques qui en résultent font bouillonner mon sang chaque fois que sa cuisse m'effleure.

« Tu n'as pas quitté mon esprit une seule seconde. » Il pousse ses hanches contre les miennes, me fait sentir chaque parcelle de son sexe dur contre ma peau brûlante. « Je suis totalement à ta merci, Lilith. »

La sueur se mélange à l'eau chaude et je cligne des yeux pour chasser la vapeur en tendant la main pour éteindre la douche.

Un nouveau petit gémissement retentit dans la salle de bains lorsqu'il frotte mon clitoris de son pouce et arrache de mes lèvres un cri. « Oh bordel, est-ce que mes doigts ont manqué à ta chatte ? »

Je halète : « Oui, oui. Putain, oui ! » La pression monte dans mon bas-ventre tandis que mon orgasme me fonce dessus.

« Tu veux que j'arrête ? »

Je secoue la tête si vigoureusement que je manque de la cogner contre la sienne. Mes jambes se dérobent et il me maintient debout par son poing serré dans mes cheveux tandis que ses doigts sont tout proches de m'arracher un orgasme.

« Je dois t'entendre le dire, mon amour. » Ses doigts accélèrent leur mouvement et touchent la zone chaque fois. Mon sexe se contracte, sur le point de jouir.

Je le supplie : « S'il te plaît. Pour l'amour du ciel, s'il te plaît ne t'arrête pas ! »

Il s'arrête. Ses doigts disparaissent de moi et je manque de crier de frustration. « Tu ne vas pas jouir sur mes doigts », dit-il avec une intonation espiègle dans la voix.

Mes protestations s'évanouissent sur mes lèvres lorsque sa bite titille l'entrée de mon vagin depuis derrière, son corps pressé contre mon dos. Il agrippe mes hanches pour me maintenir en place et me pénètre d'un seul coup. Son grognement se mêle à mon cri lorsque mon bas-ventre est transpercé de douleur rien qu'à cause de sa largeur. Il marque un temps d'arrêt, comme pour savourer le fait d'être en moi, puis s'enfonce plus profondément, dans une progression brutale. Au moment où je pense qu'il ne lui reste plus rien à donner, il m'emplit encore davantage. Mon corps s'étire pour essayer de s'adapter à sa taille. La seule chose qui m'ait préparée à cette taille, c'étaient les doigts de son ombre et ce n'est aucunement comparable à l'avoir enfin en moi.

Il a tenu sa promesse : il m'a revendiquée lorsque je m'y attendais le moins.

« Tu vas jouir sur ma bite, ce soir, mon amour, et tu vas le faire en criant mon nom. »

Mes mains ne cessent de glisser contre le mur et je n'ai pas d'autre choix que de poser ma joue contre le carrelage et de laisser les étoiles danser devant mes yeux tandis qu'une supernova se prépare dans mon bas-ventre.

Il relâche mes cheveux et prend appui sur le carrelage à côté de ma tête pour avoir un meilleur maintien. Je suis obligée de regarder ses avant-bras en plein effort. D'une certaine manière, je mouille encore plus à la vue des veines de ses mains qui palpitent.

Il martèle en moi à tel point que je n'arrive même pas à tenir mon propre poids. À chaque coup de reins, il me pénètre un peu plus profondément. Le carrelage sous sa main se fissure à cause de la force de ses mouvements brutaux. Malgré la férocité de ses va-et-vient, il se contient encore.

Je ne me souviens plus comment je m'appelle. Je ne sais plus où je suis. Mais je n'oublierai jamais son nom. Je ne pourrai jamais oublier ce qu'il m'a fait.

Mon orgasme gronde en moi comme la foudre, m'enflamme de part en part et engourdit mes orteils. Letum continue à me pilonner sans relâche, extrayant de moi tout ce que j'ai à donner, tout en estimant que ce n'est pas encore suffisant.

« Je n'en ai pas fini avec toi », grogne-t-il à mon oreille. Il déplace sa main sur ma taille et enfonce le bout de son doigt dans l'anneau serré de muscles entre mes fesses. « Tu veux que j'arrête, mon amour ? dit-il en haletant sans stopper ses coups de reins. Si tu veux que je prenne ton cul, il faut que tu le dises. »

Je pousse en arrière à son coup de reins suivant pour prendre en moi la moindre parcelle de lui, comme si j'avais autant besoin de lui que lui de moi. Ses mouvements ralentissent, il glisse en moi avec des va-et-vient plus brutaux, ce qui génère une douleur délicieuse dans mon bas-ventre. Une plus grande chaleur s'accumule entre mes cuisses et l'encourage à me titiller à ce rythme cruellement lent.

Puis il reprend sa cadence sournoise et recommence à me marteler contre le mur. Il grogne lorsque je jette la tête en arrière, proche de mes omoplates, et creuse mon dos pour le prendre encore plus en moi. Il y a eu une période à laquelle je m'y connaissais bien en jouets anaux et où je pratiquais beaucoup la sodomie, mais il n'a pas besoin de le savoir. Malgré tout, le ménagement dont Letum fait preuve me réchauffe le cœur, sans toutefois le rendre aussi bouillant que mon sang.

Je crache : « Mets-la-moi ! »

« Putain. » Il fourre sa main dans ma bouche et tire ma tête contre lui en poussant contre ma joue. « Mouille mes doigts autant que tu le peux, mon amour. Parce que je vais baiser ton cul avec, avant de le baiser avec ma bite. »

Je gémis rien qu'en entendant ces mots. Il enfonce ses doigts dans ma bouche jusqu'à ce que je m'étouffe avec. Mes yeux roulent vers l'arrière tandis qu'il baise ma bouche aussi férocement qu'il baise ma chatte. Mon excitation débridée me pousse à sucer ses doigts comme s'il s'agissait de son sexe et un nouvel orgasme s'approche à l'idée de le goûter sur ma langue une nouvelle fois.

« Tu es un plaisir pour les yeux », dit-il d'un ton haletant.

Sans prévenir, il ouvre d'un coup sec le rideau de douche, arrachant au passage la tringle du mur. Il se retire de moi, me laissant une grande sensation de vide. Ses doigts continuent de chauffer ma bouche et poussent contre mes joues pendant qu'il me guide vers l'avant à l'aide de son poing dans mes cheveux. Ma tête se retrouve penchée sur le lavabo et Letum éteint la lumière avant que je ne réussisse à regarder dans le miroir pour voir s'il y a quoi que ce soit qui masque son visage.

« Je vais te détruire, Lilith », dit-il en même temps qu'il enfonce un doigt dans l'anneau de muscles tendus de mes fesses, avant de grogner : « Si serré, putain ! »

Un gémissement essoufflé s'échappe de mes lèvres lorsqu'il commence à me stimuler, me préparant à accueillir un deuxième doigt. J'en suis à pousser des cris sauvages au moment où il insère le troisième.

Mon sexe se contracte, il veut être rempli à nouveau. Je pousse mes hanches en arrière pour essayer de signaler à Letum de plonger en moi, mais il n'y prête pas attention. Mes mains se dirigent vers ma vulve, mais il s'y oppose par une nouvelle fessée.

La chair de poule envahit tout mon corps tandis que la salle de bains s'assombrit davantage. « Je sais à quel point tu as adoré avoir une paire de mains en plus pour te vénérer. Que dirais-tu d'une bite en plus pour te baiser ? »

Oh mon Dieu. Évidemment que l'âme de l'homme qui fait commerce des âmes possède elle-même une bite. Si les doigts de l'ombre ne m'avaient pas étirée si complètement, je serais en train de pouffer.

Un doigt frais touche mon sexe l'espace d'une seconde, me nargue.

Letum me redresse, me fait sortir de la salle de bains et rater la chance de le voir dans le miroir. Je tente de pencher la tête pour voir son visage, mais sa main dans mes cheveux me force à regarder droit devant.

J'essaie de distinguer la forme de l'âme de Letum, qui occupe presque tout le lit. Le spectre n'est pas aussi grand que lorsque nous étions dans la forêt, comme s'il était parvenu à réduire sa grandeur. Lorsque mon regard descend le long de ce que je suppose être sa taille, l'empressement bouillonne dans mes veines. Je réussis à peine à distinguer la forme de sa verge dure.

Letum éteint à nouveau la lumière et me pousse en avant jusqu'à ce que je sois sur le lit, à califourchon sur l'ombre. Il me penche, de sorte que je sois placée juste au sommet de l'érection de l'âme. La seule source de lumière provient de l'entrée et je ne peux donc pas voir ce qui est sur le point de me pénétrer. Ou plus spécifiquement, à quel point ce sexe est gros.

Je gémis au moment où son extrémité rentre dans mon vagin. « Ça ne va pas passer.

— Si », affirme Letum d'un ton assuré tout en tendant la main pour frotter mon clitoris. « Je sais que si. »

Son âme s'occupe de pétrir mes seins comme si c'étaient les plus belles choses sur lesquelles ses yeux se soient posés. C'est vivifiant de ne jamais savoir quel sera son prochain geste, si ses mouvements me procureront du plaisir ou de la douleur.

Le spectre place fermement une main sur ma hanche et me fait descendre davantage. Je tombe en avant contre son torse, déroutée par le fait que je ne le voie pas du tout, mais juste les draps en dessous de lui.

Les caresses de Letum sur mon clitoris se font plus précises, plus courtes. Plus aiguisées. Mon orgasme imminent explose en moi et je suis prise de spasmes sur l'ombre. Comme prévu, les muscles de mon bas-ventre se détendent, ce qui me laisse m'enfoncer un peu plus.

Un centimètre d'extase et de douleur après l'autre, je gémis et étire mon corps au-delà de ce que je pensais humainement possible.

Le monde autour de moi disparaît et je ne peux me concentrer sur rien d'autre que le fait qu'il me baise enfin. Lentement, je me soulève sur l'érection du spectre juste pour redescendre aussi bas que je peux. À chaque descente, je le prends plus en moi. Pile quand je me dis que je suis au maximum de ce que je peux étirer, l'extrémité de la bite de Letum presse contre mon autre ouverture.

« Je revendique chaque centimètre de ton être mortel. Ensuite, je revendiquerai ton âme », grogne

Letum avant de prendre mon cul comme il avait promis de le faire.

Mon sang quitte ma tête. L'intrusion de l'Homme sans visage pique, mais je ne me suis jamais sentie aussi comblée. Mes yeux se ferment et la sensation d'être étirée et emplie s'intensifie.

Simultanément, ils commencent leurs lents mouvements qui me feront fondre complètement. Je ne parviens même pas à gémir, je suis trop perdue dans les sensations qu'ils me procurent pour savoir où est le haut et où est le bas.

Clairement, mon silence n'était pas une réaction suffisante parce qu'un doigt épais vient frotter mes chairs sensibles et fait grimper en flèche mon désir. Je crie le nom de Letum alors qu'un assaut de plaisir déchire mon corps et je continue à crier pendant qu'ils me baisent sans pitié, oubliant totalement que j'ai des voisins.

Letum ronronne « tu es si belle », tandis qu'ils cognent en moi tout en accélérant leur cadence. « Ton corps est à moi. » Dans un coup de reins féroce, Letum rugit et répand sa semence en moi. J'essaie de me concentrer sur son spectre pour savoir si lui aussi a éjaculé. Alors que Letum s'amollit en moi, son âme reste complètement en érection.

L'épuisement envahit mes membres, mais j'essaie de me maintenir droite et de stopper les spasmes qui traversent mon corps tandis que mon orgasme s'estompe.

Letum et l'âme se retirent lentement de moi et je gémis face à ce vide profond. Toutes les lumières de mon appartement s'éteignent, baignant la pièce dans l'obscurité la plus totale, de sorte que je ne peux que distinguer la silhouette de Letum.

La main gigantesque de son âme enveloppe mes hanches et me dépose à côté sur le lit. Les draps se retrouvent immédiatement humidifiés par ma transpiration et mes cheveux mouillés.

Le matelas penche l'espace d'une seconde et je ne peux que supposer que l'âme de Letum rentre dans son corps. Un chiffon humide apparaît de nulle part et Letum me nettoie avec, en faisant particulièrement attention à mon entrejambe et à mes fesses, puis me sèche en me tapotant avec une serviette.

Sans vraiment réfléchir à quoi que ce soit, je le laisse me bouger comme une poupée. Il m'enfile une culotte, car il semble savoir que je déteste ne pas en porter. Puis il me fait asseoir afin de passer mes bras dans les manches d'une robe de nuit moelleuse qui, j'en suis sûre, ne m'appartient pas. Un peigne semble apparaître dans sa main et il coiffe mes cheveux mouillés comme je le fais toujours après m'être lavée.

Tous ses actes, depuis la douche jusqu'au moment de me border au lit avec lui collé contre mon dos, m'ont fait oublier la douleur des trois dernières semaines. La solitude. L'abandon. Maintenant, le tout me frappe comme la foudre et je n'arrive à penser à rien d'autre.

Je murmure « tu m'as abandonnée », lorsque le silence devient aussi lourd que le poids sur ma poitrine.

« Ça m'a détruit, mon amour », dit-il dans mes cheveux. Mon cœur se serre pour lui, comme il se serre pour moi. Je sais que c'était un mal nécessaire. « Tu as encore besoin de temps. »

Mes yeux brûlent et une unique larme tombe sur l'oreiller. C'est bien plus éprouvant d'être si émotive que d'être un zombie sous médicaments.

« Tu m'abandonnes à nouveau ? » Les mots sortent dans un bégaiement faible. Je ne veux pas qu'il sache à quel point il m'a manqué – à quel point il me manque alors même qu'il est juste là –, mais je me sens vaguement mieux de savoir qu'il ressent la même chose et qu'il souffre, comme moi.

« Pas ce soir. » Il me serre plus fort contre lui et je pose mes mains sur son bras pour me rassurer qu'il est bien réel. « Ce soir, c'est juste toi et moi. Je suis si fier de toi, mon amour. Tu as fait tellement de chemin. »

Pour une fois, je ne peux pas m'empêcher de penser que, moi aussi, je suis fière de moi.

## 12
# Lilith

J'espérais que Letum m'avait menti et qu'il ne me quitterait pas comme il avait dit qu'il le ferait. C'était une douce illusion, mais pour ce que j'en sais, il ne m'a jamais menti une seule fois.

Je ne l'ai pas vu depuis trois mois. Toutefois, je découvre tous les matins au réveil une fleur sur l'oreiller à côté de moi. C'est chaque fois une variété différente de la même fleur : lys asiatique, lys oriental, lys calla, lys d'un jour, lys blanc, lys tigré. Je dois avouer que je suis devenue experte en lys, maintenant, et j'essaie de garder en vie chaque fleur le plus longtemps possible. Je préférerais largement découvrir Letum à mes côtés ou au moins un message. Son écriture cursive me manque, tout comme le mélange de peur et d'excitation qui me frappait chaque fois que je voyais l'une de ses lettres.

Il me laisse faire ce chemin seule, mais il me rappelle sans cesse qu'il est juste derrière moi pour m'empêcher de tomber en bas de la falaise. Sauf que maintenant, son soutien n'est pas uniquement émotionnel.

Il incarne peut-être la mort, mais il en fait beaucoup pour me garder en vie.

Il y a un mois, une latte du plancher s'est soulevée et je n'arrêtais pas de trébucher dessus. Puis, du jour au lendemain, c'est comme s'il n'y avait jamais rien eu. Il y a deux semaines, j'ai attrapé une sorte d'infection, donc Letum m'a déposé des antibiotiques. Il y a trois jours, j'ai pris ma voiture pour aller au travail malgré un pneu crevé parce que je ne pouvais pas me permettre de rater mon service. En sortant, j'ai trouvé un pneu comme neuf. Le tabouret de cuisine auquel il manquait une vis peut maintenant être utilisé en toute sécurité, sans risque de blessure. Et même pas besoin de mentionner les dégâts de la salle de bains, qui étaient réparés lorsque je me suis réveillée seule dans mon lit le matin d'après.

Je suis retournée voir Dahlia et mes parents presque tous les jours. C'est assez déprimant que ma meilleure amie soit un cadavre qui ne peut pas me répondre. Malgré tout, j'aime imaginer qu'elle est assise à côté de moi, à me juger, mais à m'aimer tout autant.

Je me suis même rendue sur la tombe d'Evan. Bien que je n'aie pas grand-chose à lui dire, à part les quelques mots qui importaient : *je te pardonne.*

J'ai longtemps pensé que j'étais désolée, que j'aurais dû m'excuser auprès de lui pour la situation dans laquelle nous nous sommes retrouvés.

Si j'ai appris une chose de Letum, c'est qu'il y a presque toujours deux personnes dans une relation. Même si ce sont deux pôles opposés, la relation fonctionnera si les partenaires veulent vraiment qu'elle fonctionne.

Peut-être qu'Evan voulait que notre relation fonctionne. Peut-être que moi aussi. Nous étions trop occupés chacun à essayer de recoller les morceaux de notre vie pour nous rendre compte que certains de nos fragments étaient dans les mains de l'autre. Mais chaque fois que nous nous brisons, nous perdons forcément des éclats. Nous avons oublié que nous aurions été plus efficaces en faisant équipe commune pour nous reconstruire. Au lieu de quoi, c'est Letum qui a dû me pousser à agir chaque fois qu'un morceau de moi s'est perdu. C'est lui qui me maintient à flot alors que le bateau coule.

Cette fois, je ferai ce qu'il faut et je ferai les efforts nécessaires.

Je sors mon téléphone de mon sac – mon *nouveau* sac offert par Letum – puis ferme mon casier derrière moi et me mets à taper un message.

Moi

J'ai pensé à un truc aujourd'hui
(surprenant, je sais).
Si je devais deviner, je pense que
tu commanderais un expresso.
Et de temps en temps,
tu mettrais du sucre
juste pour que ça reste intéressant.

Aussi, je ne sais pas si tu as vu,
ce matin. Je suis passée en voiture
à côté d'un border collie
qui ressemblait parfaitement au chiot
que j'avais quand j'étais ado.
Il avait les yeux
de deux couleurs différentes,
un noir et un bleu.
Rafe n'obéissait jamais,
sauf si tu avais une friandise
dans la main.

Notre discussion est rempli de bulles vertes, sans une seule réponse en gris. On dirait qu'actuellement, toutes mes communications sont à sens unique et liées aux morts.

Brit tire une chaise et s'affale dessus, l'air défait. Le café est en sous-effectif depuis deux semaines, presque tout le monde est malade. Nous avons donc toutes deux fait des heures supplémentaires, ce qui est bien, car je ne dois ainsi pas m'en remettre à

Letum pour me laisser des billets dans mon sac – même si cela ne l'a pas empêché de me gâter.

« Mon Dieu, grogne-t-elle. Il va falloir que j'aille voir un chiropraticien avec tout le putain de poids que je porte ici. »

J'expire bruyamment et mes lèvres se courbent en un demi-sourire. « Demande plutôt au grand patron. Il a l'air doué pour te marcher dessus. »

Le souffle coupé, elle lâche : « Lili ! Tu viens de faire de l'humour ? »

Je manque presque de glisser dans un sourire facile. « C'est en contrepartie de l'*open bar* d'hier soir. »

Letum m'a secouée plutôt agressivement pour que je me lève, ce matin, et c'était comme si l'on m'avait versé de l'eau sur le visage pour me réveiller : désagréable, mais plus possible de se rendormir ensuite.

J'ai arrêté de pleurer la fille que j'ai un jour été et tout ce que j'avais dans ma vie avant l'accident. Je ne vais pas dire que je suis rétablie, mais je suis sur le chemin de la guérison et je pense que c'est ce qui compte réellement.

Bon sang, j'ai même quitté mon appartement pour socialiser, la veille au soir, pour la première fois en près de deux ans ! C'est une étape, même si je n'ai rien fait de plus qu'être là et écouter les autres parler.

Même après tout cela, je n'arrive quand même pas à me défaire du sentiment qu'il me manque quelque chose. Quelqu'un. J'ai écrit à Letum après la soirée pour la lui raconter en détail après avoir pris un verre de vin de trop. Mon message n'était pas très compréhensible, mais il a sans doute capté ce que je voulais dire parce que quand je suis arrivée chez moi, il y avait un sandwich sur le plan de travail, du dentifrice sur ma brosse à dents, un verre d'eau à côté de mon lit et un lys en plus sur mon oreiller.

J'essaie de me rappeler que les actes valent plus que les mots, mais c'est dur d'y croire sans une seule parole de sa part.

Même si ma vie finit enfin par prendre forme, je n'ai pas l'impression que c'est la vie qu'il me faut. Je ne parle pas juste de mon travail au café ou de ma vie dans cette ville. C'est quelque chose de plus profond et de plus intrinsèque que je n'arrive pas forcément à expliquer en mots.

« Honnêtement, je ne sais pas comment tu fais pour tenir debout aujourd'hui », marmonne Brit.

La vérité, c'est que j'ai un petit peu plus d'énergie chaque jour. Je ne sais pas si c'est dû à l'absence de médicaments ou au fait que je ne m'endors plus chaque soir en pleurant.

Je souligne : « Je n'ai pas touché à la tequila. »

La porte qui mène au café s'ouvre brusquement et mon collègue passe la tête, le regard frénétique mais toutefois blasé. « Brit, il y a une dame qui aimerait te *parler*, c'est à propos du goût de ses scones. »

Elle grogne dans ses mains et lève vers moi ses yeux injectés de sang. « Si tu entends crier, n'appelle pas la police. »

J'acquiesce et fais un large sourire. « C'est noté. »

# 13
# Lilith

Le lendemain, j'attrape mon téléphone en montant à mon appartement et vois les deux derniers messages que je lui ai envoyés pendant ma pause de midi, toujours sans réponse.

Moi

Il y aura bientôt un concert de piano à la bougie en ville et je pense qu'il pourrait te plaire.

J'ai vu une robe sur un site internet et le concert serait l'occasion parfaite pour la mettre. J'hésite juste à la prendre en vert forêt ou en vert sauge.

C'est peut-être un peu pathétique d'envoyer des messages à quelqu'un qui ne répond pas, d'autant plus si ces messages sont aussi triviaux. Mais ils me donnent la sensation d'être connectée à lui, même si je suis certaine qu'il continue de regarder le moindre de mes mouvements.

Moi

Je vais faire des spaghettis *aglio e olio* pour ce soir, si tu veux te joindre à moi. Je ne peux pas promettre que ce sera aussi bon que ce que tu cuisines, mais il n'y a pas de mal à s'efforcer de faire des plats « comestibles ».

Je laisse échapper un demi-rire en envoyant le dernier message. Il n'a jamais accepté mes offres, mais je n'ai pas renoncé à essayer. Honnêtement, il savait probablement déjà ce que j'allais cuisiner quand j'ai acheté tous les ingrédients pour faire ce plat la veille.

Je n'ai pas arrêté d'essayer de l'attirer hors des ombres. Je me suis promenée dans mon appartement presque nue, j'ai utilisé son argent pour m'acheter de la lingerie, j'ai fait mon show en me touchant et j'ai gémi son nom pour plus d'effet dans l'espoir que, peut-être, il me prenne par surprise à nouveau.

On peut dire que je me suis donné énormément de mal dans mon désespoir.

Pourtant, il ne s'est aucunement manifesté, même pas au travers d'une lettre. Je suis déçue, pour le moins. Et triste. Il me manque.

Moi

Et on peut regarder *Ghost Rider* après le dîner, comme ça, tu pourras me dire si c'est basé sur des faits ou si c'est fictionnel.

Mon cœur manque un battement lorsque mon téléphone vibre dans ma main.

Letum

Fictionnel.

Le sourire qui naît sur mon visage monte jusqu'à mes oreilles. Après trois mois, il me répond avec un seul mot. *Enfin.*

Je suis emplie d'une frénésie enfantine à voir son nom sur l'écran. Je n'ai aucun contrôle sur les papillons qui prennent vie dans mon ventre.

Moi

Ce sera basé sur des faits tant que tu ne viens pas pour me convaincre que c'est de la fiction.

Letum

Bientôt, ma Lilith.

Le truc le plus bizarre, depuis un mois, c'est que chaque jour qui passe, je me sens plus proche de Letum. Pas physiquement, évidemment. Et pas parce que j'ai compris le pourquoi de ses agissements. Mais parce que, au fond de mon esprit, des bribes d'informations se trouvent juste sous une surface d'eau ondulante et, de temps en temps, je les vois émerger.

Pour une raison que j'ignore, je peux affirmer en toute confiance que Letum a les cheveux noir corbeau et les yeux tout blancs. Tout comme je sais dire sans douter qu'il a une fossette au menton, des cils épais et courbés et une petite cicatrice horizontale sur la joue. Je ne sais pas comment je connais ces détails, mais je mettrais ma main à couper que j'ai toujours su ces simples faits.

Je prépare assez à manger pour deux. Sans surprise pour personne, il ne vient pas. Est-ce que la mort mange (d'autres choses que moi) ? Probablement pas.

Il n'aurait pas dû répondre à mon message parce que tout ce qui en résulte, c'est que je me languis encore plus de lui. De son toucher, de sa voix, de son goût.

Le parquet est un inconfort bienvenu lorsque je m'assois devant la commode dans ma chambre.

Je n'ai pas ouvert le tiroir qui contient tous ses messages et ses cadeaux bonus depuis trois mois.

Un lys rose me regarde, depuis mon bureau, perché sur un verre. Lys oriental « *stargazer* », comme l'appellent les botanistes. De toutes les variétés de lys qu'il m'a amenées, le *stargazer* est mon préféré. Ses taches rose foncé illuminent ma chambre, sinon terne. Cette couleur vive est l'inverse total tant de Letum que de moi. Elle symbolise la prospérité et l'abondance.

Tous les lys ont trouvé leur place quelque part dans mon appartement. S'ils ne s'accrochent pas à la vie, à absorber de l'eau, ils sont accrochés à un fil, la tête en bas. Ce n'est pas parce qu'une chose est morte qu'elle ne peut pas être belle.

Trop faible pour me retenir, j'attrape mon téléphone et envoie un autre message.

Moi

Tu me manques, Letum.
« Bientôt » n'est pas assez bientôt.

Je fixe la bulle verte, attendant que des bulles grises apparaissent, mais il ne se passe rien.

Dans un soupir, je tente de ravaler ma déception. Deux messages ne veulent pas dire qu'il vient. Deux lys non plus.

Je pose les doigts sur la poignée métallique du tiroir et essaie de l'ouvrir. Comme il ne bouge pas, je mets bien plus de force que nécessaire et tout le tiroir se retrouve sur mes genoux, à éparpiller des parchemins bruns partout par terre.

Je cligne des yeux.

Je cligne des yeux une nouvelle fois.

Le tiroir est plein à craquer de parchemins bruns roulés. Ils ne sont plus rangés proprement dans une boîte. Des rouleaux de papier sont tombés dans la case des plumes, se sont coincés dans tous les recoins et toutes les fissures du meuble.

J'attrape la première lettre à portée de main et la lis en retenant mon souffle.

*Tu me fais me sentir vivant.*

Elle est nouvelle. C'est une nouvelle lettre. Il ne m'a jamais dit cela avant.

J'en attrape une autre.

*Prends la robe vert forêt. Cette couleur met en valeur ton teint. Cela dit, tu peux porter n'importe quoi, ta beauté sera toujours stupéfiante à mes yeux.*

Les coins de mes lèvres se soulèvent et un fard profond colore mes joues. Pendant tout ce temps, je croyais qu'il essayait de garder ses distances et de m'ignorer.

*Vu que tu m'as parlé de ta journée, je vais te parler de la mienne. Aujourd'hui, j'ai regardé l'âme la plus transcendante sourire devant une fleur.*

*Mais mon cœur est cupide, car je veux qu'elle ne sourie que pour moi.*

Des larmes idiotes débordent de mes yeux. Je les essuie avant qu'elles ne tombent sur le papier et attrape une autre lettre.

*La beauté du paradis n'est rien comparée à la tienne.*

Puis une autre lettre.

*Chaque jour, je te vois grandir et je ne pourrais être plus fier de toi.*

Et encore une autre.

*Tu y es presque, mon amour. Encore quelques efforts et nous serons ensemble pour l'éternité.*

Puis une autre.

*Tu as raison. Si je buvais du café, je prendrais un expresso.*

Une à une, je déroule les lettres et essaie d'essuyer mes larmes avant qu'elles ne tombent. J'ai l'impression de ne pas pouvoir respirer, pas à cause de la douleur, mais parce que j'ai là ce qui me manquait. *Il* me manquait.

Depuis tout ce temps, je pensais que l'accident était la pire chose qui me soit arrivée et que jamais rien de bon ne pourrait en ressortir. Mais tout au fond de moi, je savais – je l'ai réellement toujours su – que j'appartiens à la mort. Le monde des vivants n'est pas fait pour moi. Malgré la vie que je menais avant l'accident, je ne me sentais pas pleinement vivante. Il y avait toujours quelque chose qui clochait.

Une touffe noire dans le tiroir attire mon attention, cachée sous le tas de parchemins. Je plonge les doigts dans les lettres jusqu'à ce qu'ils enveloppent quelque chose de doux et de duveteux.

Un sanglot s'échappe de mes lèvres lorsque je ressors ma main et plante mon regard dans les yeux de deux couleurs différentes de l'animal en peluche. Le pelage noir et les pattes blanches, une tache blanche asymétrique qui part de la nuque et s'étend sur le ventre. Rafe. Letum a fait un chien en peluche qui ressemble parfaitement à mon vieux toutou.

Cette fois, lorsque les larmes coulent, je ne les retiens pas. J'enfouis mon visage dans l'animal et laisse mes yeux se vider.

Qu'ai-je fait pour mériter l'attention de Letum ? Comment se fait-il que la personne la plus prévenante, la plus attentionnée et la plus à l'écoute que j'aie rencontrée soit l'incarnation même de la mort ?

Quelque chose de léger tombe sur ma tête. Je prends une inspiration et détache mon regard de Rafe juste à temps pour voir une lettre dégringoler de mon épaule.

Mon cœur cogne contre ma poitrine dans un mélange toxique d'excitation et de nervosité tandis que je déroule le parchemin.

*Si bientôt n'est pas assez bientôt, alors viens me trouver, mon petit monstre nocturne.*

*Je te donne un indice : pour arriver à la fin, il faut aller où tout a commencé.*

Je fronce les sourcils. Que veut-il dire ? Va-t-il enfin me laisser le voir ? Qu'entend-il par « où tout a commencé » ? Je suis née dans un hôpital deux villes plus loin, mais l'hôpital n'est pas l'endroit le plus romantique pour se retrouver. Même si j'imagine que c'est plus simple pour lui s'il doit récupérer des âmes.

Aussi, j'arrive à la fin de quoi ? Il ne peut pas vouloir dire la fin de notre relation.

Alors que je fixe la lettre, je comprends d'un seul coup. Je sais où le trouver. Je sors mon téléphone et lui envoie des mots qu'il m'a adressés.

Moi

Je viens te chercher.

Mes pieds dévalent les escaliers et je cours à ma voiture. Je respire à peine. J'arrive à peine à penser rationnellement. Mes pensées sont aveuglées par lui. Il me laisse enfin le voir. *Enfin.*

Les lumières de la ville disparaissent tandis que je m'engage sur la route qui mène dans la forêt. La lune est absente, cachée derrière des amas de nuages féroces.

Depuis tout ce temps, il me poussait à affronter mon passé et à me détacher des choses qui m'empêchaient d'avancer. Il s'est débarrassé d'Evan, pas pour m'accaparer, mais parce que Evan m'empêchait d'aller de l'avant. L'Ange de la mort m'a laissé des lettres, pas juste pour me maintenir debout, mais pour faire en sorte que mes jambes me mettent en action.

Sous mes côtes, mon cœur tambourine et chante d'empressement, de peur et d'excitation. J'ai évité cette route depuis l'accident, refusant d'aller chez les parents d'Evan juste parce que tout le chemin est hanté par des souvenirs de cette nuit-là. Et maintenant, je me retrouve à foncer dans cette direction.

Je ne suis peut-être pas prête à affronter cet endroit. Je pense que je ne le serai jamais. Mais je suis plus que prête à passer devant.

Je ralentis et des créatures anxieuses se mettent à grimper dans mon cou tandis que je m'approche du lieu qui a brûlé vive ma sœur. J'empoigne immédiatement le collier pour me rappeler que Letum sera là.

L'arbre a l'air si innocent, planté à côté d'un virage serré sur la route. Personne ne se douterait que c'est un assassin. Mais je suppose que c'est le spectateur qui se tient là qu'il faut blâmer et non l'arbre, qui essaie juste de vivre.

Je m'arrête au bord de la route et laisse mes phares allumés dirigés droit sur l'arbre et sur l'homme à capuche qui se tient devant lui. L'espace d'une seconde, tout s'arrête. Le monde autour de moi n'existe plus, mis à part Letum. Puis tout s'accélère tandis que je cours vers lui, piétinant l'herbe et les feuilles mortes.

Il reste parfaitement immobile lorsque je me place face à lui et retiens ma respiration pour qu'il ne m'entende pas haleter. Tout mon être se fige au moment où je regarde la zone sous sa capuche. Une fossette au menton. Des lèvres douces, souples. Une mâchoire mortellement saillante. Des pommettes hautes. Le tout dans l'ombre du tissu qui recouvre sa tête, mais illuminé par mes phares.

Je retiens ma respiration en tendant la main vers sa capuche. Pour la première fois, il ne m'arrête pas lorsque je fais glisser mes doigts sur le rebord doux en coton. Je lui découvre la tête et manque presque de chanceler face à sa beauté. Il ressemble exactement à ce que j'avais imaginé, les cheveux couleur corbeau et des cils noirs et épais au-dessus de ses yeux blancs sans pupilles qui voient tout.

Mon cœur semble ralentir, puis tout me revient à pleine puissance, submergeant mes sens à tel point que j'en défaille presque. Je le connais. Je le connais par cœur. Presque chaque nuit, il m'a aidée à m'échapper, m'a emmenée dans cet espace entre les rêves pour discuter. Sa chambre, la forêt, la plage ; j'y suis déjà allée des centaines de fois. J'ai plongé mes yeux dans les siens des milliers de fois et, invariablement, je fonds.

Des larmes coulent sur mes joues pendant que je me délecte à le regarder. Je n'ai jamais rien vu de plus beau. C'est ce que je me dis chaque fois qu'il me laisse regarder son visage.

Je me souviens maintenant. Je me souviens de chaque fois où nous nous sommes assis sur la plage pour regarder la tempête pendant qu'il me racontait les récits du monde passé. De chaque fois qu'il m'a perchée sur son lit pour me lire des sonnets et des histoires. De chaque fois qu'il m'a regardée comme si rien d'autre n'avait d'importance que les mots qui sortaient de ma bouche.

J'étais quelqu'un d'autre, dans ces rêves, et pourtant la même. Cette Lili a conservé tous les souvenirs des nuits d'avant, tous les mots doux que l'Ange de la mort a susurrés. Elle savait qu'au réveil, j'oublierais tout de ces rêves. J'aurais aimé ne pas avoir oublié Letum, mais je ne l'oublierai plus jamais.

J'ai tout oublié de l'Ange de la mort à cause des médicaments de la doctoresse Mallory et de la blessure dans mon cœur qui refusait de guérir. Maintenant que je me souviens de lui, je passerais l'éternité à retenir chacun de ses mots tout en redemandant.

« Désormais tu vois, mon petit monstre nocturne. »

J'acquiesce. *Son* amour. Je suis à lui ; je l'ai toujours été, je ne le savais simplement pas. Il n'a certes pas pris mon âme la nuit de l'accident, mais il l'a revendiquée. Mon corps et mon âme ont cessé d'être miens à la seconde où je l'ai vu. Il est le seul qui m'ait réellement comprise ; subir la solitude, entendre l'appel des ténèbres, voir mourir tous ceux à qui je tenais.

Sans réfléchir, je me mets sur la pointe des pieds et enroule mes bras autour de son cou pour m'imprégner de l'odeur dont mon âme a été marquée. Ses lèvres se pressent contre les miennes et notre baiser est rempli de tant de premières fois, sans aucune dernière fois. Ce baiser est une promesse d'éternité. Une éternité à se souvenir de tous les mots oubliés. Une éternité à savourer le toucher. Une éternité avec l'*Ange de la mort*.

« Merci. » Je murmure contre ses lèvres. « Merci de m'avoir attendue. Merci de m'avoir aidée à voir qui je suis. »

Il m'embrasse avec la charge d'un millier d'éclairs. « Avec plaisir, mon amour.

— Je suis prête. »

Il fronce les sourcils.

« Je te veux, mon Ange de la mort. Je veux tout de toi. Je le vois, maintenant. Je vois la vérité », dis-je. Il essuie les larmes de mes joues et me regarde avec intensité, son front posé contre le mien. « Tu es fait pour moi, tout comme je suis faite pour toi. Tu me complètes, Letum. » Je l'embrasse pour essayer d'appuyer mes propos afin qu'il sache sans l'ombre d'un doute que je dis la vérité. « Je te donne mon âme. Elle est à toi pour l'éternité. Par-delà la mort, je suis tienne. »

Il ne dit rien pendant quelques secondes et mon cœur s'écrase à mes pieds. Mais la sensation est fugace parce qu'il se languit de moi tout autant que je me languis de lui.

La première goutte de pluie tombe sur ma joue, puis d'autres gouttelettes éclaboussent nos peaux et trempent nos habits.

« Toi, mon amour, tu es comme une tempête, tu noies la terre dans ton chagrin, tu fracasses des bateaux avec tes vagues rugissantes. Pourtant, si l'on regarde dans l'œil de la tempête, on ne voit rien que de la beauté. » Il incline ma tête de côté et se penche, de sorte que ses lèvres soient contre mon oreille. « Laisse-moi me noyer dans ton océan et goûter ta rage. Laisse-moi sentir tes vagues se briser contre ma peau et m'entraîner plus encore dans tes profondeurs afin que tu ne sois plus jamais seule. » Son pouce effleure ma lèvre avant qu'il ne me revendique complètement dans un baiser. « Tu es le lever de soleil après la tempête. Le nouveau départ et l'aube. Ma fleur, tu es l'incarnation même de la beauté.

— Je t'aime, Letum. » Je le lui ai déjà dit, dans un rêve.

Que c'est douloureux de prononcer ces quelques mots et de ne pas s'en souvenir au réveil ! Mais je sais qu'ils sont on ne peut plus justes.

Il sourit et j'essaie de capturer cette image pour la sauvegarder dans mon esprit et pouvoir la regarder quand j'en ai envie. « Oh, ma Lilith. Je t'aime plus que la lune ne se languit du soleil. »

Nous restons ainsi, l'un dans les bras de l'autre, à enregistrer dans nos mémoires ce moment. Je répète encore une fois : « Je suis prête.

– Tu es sûre ? Il n'y aura pas de retour en arrière. »

J'acquiesce et m'enlève de son étreinte pour m'asseoir par terre. Je n'ai jamais été aussi sûre d'une décision de toute ma vie.

Il s'agenouille à côté de moi et je lui fais un signe de tête rassurant. Le ciel s'emplit d'une lueur vive et un éclair tourmente le sol non loin de nous. Le tonnerre gronde sur la route fouettée par le vent et sur les arbres environnants.

Lorsque les lèvres de l'Ange de la mort touchent les miennes, toutes les souffrances que j'ai un jour ressenties disparaissent. Il n'y a ni colère, ni deuil, ni chagrin. Mais uniquement la compréhension que chaque chose est parfaitement en adéquation. La mer emporte tout et il ne reste que… du *contentement.*

À ce moment-là, ma vie entière défile devant mes yeux. Dahlia et moi qui soufflons les bougies sur notre gâteau d'anniversaire en forme de fleur. Le moment où je trébuche en montant sur scène pour recevoir mon diplôme. Le shopping avec maman pour choisir les habits que je porterai à l'entretien d'embauche pour le poste de mes rêves. Papa qui me tend les clés de ma première voiture. Evan et moi qui campons dans son pick-up au bord de la rivière, à manger des quantités déraisonnables de fromage et de crackers. Tous ces beaux moments qui ne semblaient jamais complets.

Contrairement à l'instant présent.

Letum m'aide à me relever et entrelace nos doigts. Je baisse les yeux et vois mon propre corps sans vie se faire écraser par la pluie, mais je ne ressens rien. Un nouvel éclair déchire le ciel et illumine mon air paisible.

Letum prend mon visage dans ses mains et me place face à lui. « Ensemble pour l'éternité.

— Par-delà la mort », réponds-je dans un murmure.

Le paysage autour de nous scintille sous les phares d'un autre véhicule. Des pneus crissent sur la route et nous nous retournons tous deux pour regarder la voiture partir en vrille alors qu'elle prend le virage serré, avant de se retourner sur le toit et de percuter le même arbre qui a tué ma sœur et son copain dans un fracas violent.

Quelque chose dans la voiture semble tirer sur l'espace vide dans ma poitrine. Je regarde Letum l'air interrogateur. Il serre ma main puis la lâche et me fait un petit signe de tête.

À côté du véhicule, un gros nuage luminescent danse et tournoie dans l'air. Des voix douces en proviennent, elles appellent et interpellent. Pas moi, mais l'âme qui est dans la voiture. Je ne sais pas comment je le sais, mais ce nuage est un portail.

Le même portail que l'Ange de la mort ne voulait pas me faire passer.

J'inspire profondément avant de suivre cette aspiration au niveau de ma poitrine. Tout dans cette situation me donne le sentiment d'enfin respirer de l'air frais. Je me sens à ma place. Les bris de verre sous mes pieds ne font aucun bruit tandis que je me dirige vers la voiture. Mes genoux ne craquent pas lorsque je m'accroupis pour regarder à l'intérieur.

À travers la vitre brisée, j'aperçois un garçon roux suspendu à l'envers dans son siège, la colonne vertébrale qui dépasse sur le côté de sa nuque, sous la peau.

Je tourne à nouveau les yeux vers l'Ange de la mort, qui fut un jour l'Homme sans visage et dont le visage est maintenant tout ce que je vois. Letum acquiesce d'un air rassurant. Je reporte mon attention sur le petit roux : l'âme qui n'est pas à moi.

Le tonnerre gronde dans les collines tandis que la pluie s'intensifie et trempe la terre et mon corps sans vie. Le portail fait vibrer le monde autour et l'aspiration se fait plus forte.

C'est là ma vocation de toujours. C'est ce pour quoi j'ai été faite. Letum est celui pour qui j'ai été créée.

L'Ange de la mort arrive dans les ténèbres et la lumière, mais pour lui, je viendrai dans la tempête.

# REMERCIEMENTS

Certaines personnes m'ont demandé ce qui m'a inspiré ce livre.

La réponse tient en plusieurs points :

1. Je voulais qu'un petit homme étrange me laisse des notes inquiétantes pendant que je dors.

2. Les *shadow daddy* sont sexy.

3. Lilith est sexy.

4. Mon TDAH n'est pas traité.

5. J'étais en voiture, j'ai entendu *It's Called : Freefall*, de Rainbow Kitten Surprise, et les paroles qui suivent m'ont touchée à un niveau presque spirituel :

« J'ai appelé le Diable et le Diable m'a dit : "Salut ! Pourquoi appelles-tu si tard ? Il est deux heures du matin et tous les bars ferment à vingt-deux heures en enfer, c'est une règle que j'ai établie. De toute façon, tu dis que tu es trop occupée à essayer de sauver tout le monde pour te sauver toi-même. Et tu ne veux pas d'aide. Oh, tant pis, c'est l'histoire à raconter. »

Mais mis à part cela, j'aimerais remercier mon incroyable équipe de bêta-lecteurs : V, Sam, Kiza, Pia, Nadine, Jacki, Kayla, Mika, Mette, Ruby, Nildene et Nika (aussi pour le somptueux dessin de crâne). Si je pouvais, je mettrais un smiley bien spécifique à côté de chacun de vos noms, mais malheureusement, ce serait un cauchemar à gérer d'un point de vue de la mise en pages. Cela dit, honnêtement, ce livre ne serait pas ce qu'il est sans vous toutes, mes chéries.

Un merci tout particulier à V, Sam et Kiza pour votre soutien sans faille d'un point de vue émotionnel, spirituel et physique. Je vous aime !

# BIOGRAPHIE DE L'AUTRICE

Depuis son plus jeune âge, l'autrice de romances Avina St. Graves passe son temps à créer des univers fantastiques et des personnages masculins sensuels, inspirés de ses désirs les plus profonds. Dans ses rêveries, certains thèmes semblent récurrents, comme les personnages féminins à la morale « grise », les partenaires amoureux qui devraient être en prison ainsi que les traumatismes et les effusions de sang non nécessaires.

Pour le plus grand malheur de tous, elle occupe désormais un emploi de bureau en priant les dieux de pouvoir consacrer tout son temps à l'écriture afin d'offrir au monde plus de *red flags* devant lesquels baver.

@avina.stgraves

www.facebook.com/avina.stgraves

*Composition et mise en pages*
*Nord Compo à Villeneuve-d'Ascq*

Achevé d'imprimer en mai 2025
sur les presses de la Nouvelle Imprimerie Laballery
58500 Clamecy
Dépôt légal : mai 2025
Numéro d'impression : 505328

*Imprimé en France*

La Nouvelle Imprimerie Laballery est titulaire de la marque Imprim'Vert®